契約結婚のはずですが!?

Rui & Chihiro

神城 葵

Aoi Kamishiro

EB
エタニティ文庫

目次

契約結婚のはずですが⁉

1

カタン、と郵便受けの音がして、私は玄関を開けた。届いたばかりの封筒を手に取り、その薄さにがくりと肩を落とす。

気が進まないまま、『朝香瑠依様』と自分の名前が印刷された封筒を開けると、現れたのは案の定お祈り通知——要するに、不採用のお知らせだった。

「これでもう、何十社目かしら……」

麗らかな春。私は、間近に迫った派遣契約の終了に頭を抱えていた。

今の会社から突然、派遣社員の次回更新なしを通告されてから三ヶ月。私を含めた派遣仲間は、せっせと次の仕事を探している。

私も派遣とは別に、履歴書を送ったり求人にエントリーしたりしているが、今のところ結果は全滅だった。派遣元のコーディネーターさんからも、いい連絡は来ていない。

高校を卒業後、都内の短大に進んだ私は、就活に失敗し派遣会社に登録した。これまで半年ずつ二社に勤め、三社目である今の会社には二年近く勤めている。あと一回か二回は契約を更新できると思っていただけに、更新なしの通告は結構ダメージが大きかった。

何とかしなきゃ。この際、コーディネーターさんに、職種問わずでお願いしてみよう。というのも、間近に迫ったアパートの契約更新費用を除くと、今の私の貯金は三ヶ月分の生活費くらいしかないのだ。

「あー、もう……多少のことには目を瞑るから、仕事決まらないかなあ……」

とはいえ、夜のお店の仕事をするのは難しい。

自分の性格を考えたら、勤めたところで三日も経たずにクビになるのが目に見えている。

二十三歳なら年齢的には問題ないだろうけれど、私は見知らぬ男性と楽しい会話ができるほど器用ではなかった。

でも、いざとなったら、そんなことも言っていられない。

溜息まじりに、ノートパソコンを起動させると、手当たり次第に登録したサイトの一つから、『新着の求人がありました』みたいなメールが来ていた。

どうやら、保育士の資格が引っかかったらしい。取っておいてよかった。

メールに記載されたアドレスをクリックすると、文章だけの地味なサイトが現れた。

そこに、私の目は釘づけになる。

急募。職種：子守り。

待遇：日給二万円、住み込み（三食付）。

期間：未定。※子供好きな方を希望します。

――子守りで日給二万？　しかも住み込みで、三食食事付!?

保険関係と期間未定というのが気になるが、これに採用されれば住居も含め、私の懸念は一気に解決する。

私は急いでサイトの一番下にあった応募フォームに挨拶（あいさつ）文を入力し、指示に従い履歴書データを添付して送った。

どうか採用されますように！

「……ま、こんな超好案件、私が採用されるはずないけどね……」

夢見るくらいはいいだろう。

そのあともいくつかの求人に応募して、私はパソコンを閉じた。

翌朝。更衣室で着替えていると、ぽんと肩を叩かれた。

「おはよ、瑠依」

「おはよう、奈津美。……どう、仕事決まった？」

同じ派遣仲間の長谷川奈津美は、年が同じこともあって、すぐに仲良くなった相手だ。

彼女とのこのやりとりは、今月に入ってからはすでに定番と化している。

美人で明るい奈津美ですら、次の仕事には苦労しているらしい。

「全然。最悪もう、実家帰ろうかなって思ってる。農家だし、ご飯と寝るところには困らないからね。たまに、現金で報酬くれるし」

「そっか。いいなあ」

更衣室で制服に着替えながら、お互いに溜息をつく。

「んー。でも実家が嫌で家を出たのに、結局戻るのかって思わなくもないけどさ。背に腹は代えられないから」

奈津美は、心配そうに私を覗き込んできた。

「あんたは？　どっか決まりそう？」

「全然……昨日も来たよ、お祈り通知……」

「うわー……月曜からそれはキツい」

「ほんと、どん底。契約終了まで、あと二週間しかないし……月内に決まってほしいよ」

「うん。あたしもギリギリまで粘る。けど……売り手市場って何なんだろうね……」

「本当にね……」

そんな風に互いに慰（なぐさ）め合ったあと、夕飯を一緒にする約束をした。そして、それぞれのデスクに座り仕事を始める。

私達派遣の仕事は、基本、営業アシスタントだ。

取引先からの質問や注文を、担当の営業社員に転送したり、電話の応対をしたりする。

私は今日も、それなりに忙しく、いつもと変わらない日常を過ごした。

終業後、更衣室で着替えてスマホを見ると、奈津美から連絡が入っていた。急遽残業になってしまい、夕飯の約束はキャンセルしてほしいという内容だった。

私は、『了解、残業頑張って』と返信する。仕事中は職場にスマホを持ち込めないから、奈津美がこれを見るのは残業後になるだろうけど。

一人で外食も淋しいし、近くのスーパーでタイムセールのお弁当でも買って帰ろう。

そう考えながら更衣室を出ようとした時、バッグの中のスマホから着信音がした。

見知らぬ番号からの電話だが、求職活動中にそんなことを警戒していられない。

「はい」

素早く電話に出ると、柔和（にゅうわ）な老婦人の声がした。

『突然失礼いたします。こちらは、朝香瑠依様のお電話でよろしいでしょうか』

「はい、朝香です」

『わたくし、昨日ご応募いただきました家の者でございますが』

「昨日……？」

『はい。子守りの……』

「あ！　はい、確かに応募させていただきました」

まさか昨日の今日で電話が来るとは思っていなかった私は、急いでメモを取る準備をした。

そんな私に、老婦人は申し訳なさそうな声で告げる。

『選考の結果、面接にお越しいただきたいのですが、本日のご予定はいかがでしょうか』

「今日……これからですか？」

現在の時刻は午後六時過ぎ。遅い時間ではないが、早くもない。

『はい。ご迷惑とは存じますが……』

「いえ、面接をしていただけるなら喜んでお伺いします」

何があってもいいように、履歴書の予備と職務経歴書は持ち歩いている。服は通勤用のややカジュアルなものだけど、急な面接ということで大目に見てもらおう。

『では、今から申し上げる住所までお越しくださいませ。乗り継ぎが不便ですから、タクシーをご利用ください。費用は往復共にこちらでお出しいたしますので』

老婦人が告げた住所は、ギリギリ関東に含まれる某避暑地だった。

私は急いで、オペレーターと上司に電話して明日の有休を確保する。

契約更新なしを告げられてから、急な有休申請でも大抵通るのがありがたい。奈津美にも一応、『面接が入ったから明日休むね』と連絡しておいた。

タクシーを飛ばして辿り着いた先は、高級別荘地の中でも確実に『特等地』だとわかる場所だった。

「着きました、が……」

運転手さんがどこか心配そうに私を見る。タクシー料金は六万円を超えていた。

幸いカード払いができるタクシーだったので、クレジットカードで払って領収書をもらう。

──が。

私は、目の前に建つ立派なお屋敷を見上げる。そう、これは屋敷だ。別荘とかいうレベルではない。こんな豪邸、現実に見るのは初めてだ。

……これ、新手の詐欺じゃない……よね？

今更怖気づくのも何だけど、そもそもあの求人内容は簡素すぎた。

雇用期間や保険関係はまったくわからなかったし、勤務地も書いてなかった。つまりこのお屋敷が勤務先という保証もない。

……電話の老婦人の声音は、優しげで品がよかったけど……その人も詐欺グループに雇われているだけというオチだったりしないよね？

とはいえ、タクシーはもう帰ってしまっているから逃げようがない。何より、ここに来る為に使った交通費は回収したい。

目の前には高い塀と豪華な門扉。そこから微かに見える建物の屋根から、玄関までは少し距離がありそうだと推測する。

覚悟を決めた私は、深呼吸してモニターホンを押した。

『――はい、八雲でございます』

すぐに優しげな声が応えた。

……電話の女性だ。私は少し安心して、名乗った。

「夜分に失礼いたします。朝香と申しますが、面接に伺いました」

『朝香様ですね、お待ちしておりました。――どうぞお入りください』

声とほぼ同時に、門が自動で開いていく。現れた景色に、私は息を呑んだ――予想よりずっと広い。

『玄関まで少し距離がございますが……』

申し訳ないが歩いてほしいと言われ、私はできるだけ丁寧に応諾した。ずっと座っていたから、体を動かせるのはむしろありがたい。

それから道なりに数分歩いて玄関に辿り着く。そこには、落ち着いた色合いの和服を着た上品な老婦人が待っていた。

「申し訳もないことでございます、こんな時間になるとわかっていてお呼び立てしてしまい……」

「いえ。こちらこそ、ご連絡いただきありがとうございます」

ふんわりと微笑んだ老婦人に、私の不安や疑念が溶けていく。

……こんなに綺麗に笑う人が詐欺を働くなんて思えない。何より、この品のよさは本物っぽい。

「申し遅れました。八雲家で坊ちゃまの世話係を務めておりました相楽苑子と申します」

「朝香瑠依です」

苑子さんの後ろにいた若い女性が「お荷物を」と言ってくれたが、通勤用のバッグだけだったので遠慮した。

「こちらにどうぞ。旦那様がお待ちです」

苑子さんに案内された先は、広くて豪華な応接室だった。私の住む１Ｋのアパートの部屋より遥かに広い。

シャンデリアの光に照らされた室内には、流行に左右されない上品なソファーセットが置かれている。

壁には精緻(せいち)な彫刻で縁取られた大きな鏡があり、その下には暖炉。向かいにある壁龕(ニッチ)には花瓶や絵画、ランプが飾られている。

まるで映画やドラマに出てきそうな、優雅な空間だった。

「旦那様。朝香様がお着きになりました」

ソファーに座った、五、六十歳ほどの男性が私に視線を向ける。

明らかにオーダーメイドとわかるスーツは、布自体が特別製なんじゃないかと思うくらい、『着る人を選ぶ』仕立てだ。それを洒脱(しゃだつ)に着こなす男性からは、何というか上流階級の香りがした。

「うん。苑子は残りなさい。——朝香さん、こんな遅くに申し訳ない」

「いいえ。面談の機会をいただき、ありがとうございます」

私が本心から言うと、男性はにっこり笑った。向かいのソファーを勧められたので、一言断ってから腰を下ろす。沈みそうなくらいふかふかだけど、適度な反発もある。

「面接……といっても、あなたを採用することはほぼ決まっていてね。形式的な質問をいくつかさせていただきたい」

「はい」

私は、緊張しながら頷いた。採用は内々定しているという。それなら、悪印象を持たれないように気をつけなければ。

「そうそう、先に交通費を。——これで足りるかな」

男性は目の前のテーブルに封筒を置いた。促（うなが）されて中を確認すると、二十万円も入っている。

……いや、さすがにこんなにはもらえない。

「領収書の金額以上はお受け取りできません」

そう言って、私は領収書を渡した。金額を見た男性は、首を傾（かし）げる。

「大差ないでしょう。差額分は急な呼び出しのお詫びとしてお納めいただきたい」

いや、大差ありますから！　往復で十三万としても、差額は七万円。お詫びとしては大金すぎる。

「ですが……」

「それより、面接に入りましょうか」

強引に話題を進められ、私は不本意ながらも頷いた。相手は雇用主になるかもしれない人だ。逆らうのはよろしくない。

「まず自己紹介しておこうかな。私は八雲将貴（まさたか）。——朝香さんは保育士の資格をお持ちだそうだが、実際に教えた経験は？」

「派遣で一度。産休の方の代理で、半年ほど経験しました」

私の答えに、八雲さんは小さく頷いた。

「忍耐力は？」

「そこそこあると自負しています」

「うん、素直でいいね。では、最後の質問だ──今、交際相手はいるかな？」

八雲さんの瞳が真剣さを増した。

今の時代、セクハラと訴えられてもおかしくない質問だ。虚を衝かれた私は、内心うろたえる。

「──プライベートだと思いますが」

何とか平静を装って答えると、八雲さんは少しだけ申し訳なさそうに、だけど強い意思を宿した瞳で繰り返した。

「失礼は承知だ。だが、大切なことなのでね」

「……いません」

正確には、恋人はいたことがない。私は、恋愛不感症というか、恋というものを知らなかった。

私の簡潔な答えに、八雲さんは満足そうに頷く。

「よかった。長期の雇用になると、ここに恋人を呼んでしまう人がいるんだよ。それは困るからね」

そう言いながら、八雲さんが苑子さんに目配せした。苑子さんが頷いて補足する。

「——朝香様には、八雲家のご長男、千尋様のお世話係をお願いしたいのです。これまでは私が務めておりましたが、この年齢になりますと、腕白な坊ちゃまのお相手は……」

苑子さんが語尾を濁した。苑子さんは見たところ還暦くらいだけれど、子供、それも男の子の遊び相手は大変かもしれない。

「求人には、子守りとありましたが……、お世話係ですか？」

お世話係が必要となると、赤ちゃんか乳幼児のイメージだ。だけど、苑子さんの言った『腕白』という言葉を加味すると、千尋坊ちゃまは幼稚園児くらいだろうか。

遅くにできた息子、もしくはお孫さんかもしれない。

「あなたには、あの子専属の世話係をお願いしたい。一人っ子で甘やかしてしまったせいか、少し我儘でね。一般常識や人との付き合い方も教えてやってもらえればと思っている。もちろん、二十四時間あの子に付きっきりでとは言わない。休日や勤務時間はできるだけ朝香さんの希望に沿うし、引き受けていただけるなら、当初の日給ではなく月給で五十万円支払おう。……どうかな？」

「お受けいたします」

私が即、承諾したのは当然だろう。

月に五十万円ももらえるなら、どんな我儘坊ちゃまの子守りでも喜んでしてみせる。

詳しい契約については明日結ぶとして、八雲さんが客室に泊まっていくように勧めてくれた。

それは図々しいと思って固辞したけど、苑子さんに「近くに宿泊施設はございませんし、明日、坊ちゃまにご紹介いたしますから」と言われたので、ご厚意に甘えることにした。

そうして案内されたのは、温かみのあるブラウン系で統一された客室だった。家具は一通り揃っていて、バスルームも付いている。まるで、ホテルの一室みたいだ。

大きなベッドの上には、新品のナイトウェア一式が置かれていた。

――本当に、ホテル並みの心配りである。

その時、部屋のドアが軽くノックされた。

「はい」

ドアを開けると、苑子さんがサービスワゴンに載せた食事を持って来てくれていた。

「お夜食程度のものですが、よろしければ」

「わ……ありがとうございます、夕食をどうしようかと思っていたんです」

食事をする時間もなくタクシーに飛び乗り、早数時間。心身共に疲れているが、空腹なのも事実だった。喜ぶ私に、苑子さんは嬉しそうに微笑む。

「空(あ)いた食器は、そのままテーブルに置いておいてください。明日、片づけますので」

そう言って、苑子さんは部屋のテーブルに食事をセッティングしてくれた。

夜食の定番、鍋焼きうどんだ。出汁の上品な香りが食欲をそそる。

……う、一気にお腹が空いてきた。

「それでは、冷めないうちにどうぞ」

「はい。何から何まで……ありがとうございます」

苑子さんが一礼して出て行ったあと、私は早速夜食をいただくことにする。

コンビニ弁当に慣れた舌にもわかる、一流の味だ。

「おいしい、幸せ……」

食べ終わったあと、食器はそのままにという言葉に甘えさせてもらって、バスルームに入った。

黒大理石っぽい造りの広々としたバスタブに体を沈め、ゆっくり深呼吸する。

じんわりと疲れが解れていく気がした。

――すごくいい条件の仕事だ。

八雲さんは少し強引だったけど、苑子さんは優しい。『我儘な坊ちゃま』が若干心配ではあるけれど、小さな子供は基本気まぐれで我儘なものだ。それに、そこが可愛いんだしね。

何より、月給があり得ないレベルだ。正直、多少のことならスルーできる。

雇用契約の時に、保険関係と雇用期間と禁止要項を確認して……と明日やることを整理した。

教育係を兼ねるなら、本人に会ったあと保育方針の計画を苑子さんに相談した方がいいかな。

そんなことを考えながら三十分ほどで入浴を終えた。

そして私は、翌朝六時にアラームをセットして、ベッドに入った途端――爆睡した。

……さすがに、仕事のあとタクシーで四時間移動し、面接を受けた私の体は、想像以上に疲れていたらしかった。


翌朝。

軽快なアラーム音で目覚めた私は、見慣れぬ高級感溢(あふ)れる木目の天井に首を傾(かし)げる。

見慣れないのは当然だ、昨日初めて来たお屋敷なのだから。

……うん、久しぶりに、熟睡できたからか思考がすっきりしている。ここ数日、先行きの不安もあって寝つきが悪かったからなあ……

私はバスルームに併設された洗面台で顔を洗い、身支度を整えた。

スマホを確認すると、奈津美から返信がきている。見ると『あたしも今日と明日は面接入ったから休むよー。お互い頑張ろ!』と、何とも明るく前向きな内容だった。

「よし、私も奈津美を見習わなきゃ」

坊ちゃまとの面会に意欲を燃やしつつ、それまで散歩でもさせてもらおうと部屋を出た。

広いお屋敷だけど、使用人は少ないらしく、誰に会うこともなく玄関に到着した。鍵が開いていたので、「失礼します」と誰にともなく断って外に出た。

豊かな緑が広がる庭には、絶妙な配置で花や木が植えられている。

「ひろーい……」

明るいところで見ると、このお屋敷は予想していたよりずっと敷地が広かった。

西洋風の庭には、なんとカスケード――階段状になっている滝まである。

遊歩道に従って歩いていくと、一際大きな木に辿(たど)り着いた。

「おお、この木がここのボス……」

太い幹は力強く、枝振りも見事だ。

溢(あふ)れる生命力に感動しながら、大樹を見上げた時――上から人が降ってきた。

突然のことに言葉を失っていると、軽やかに下り立ったその人は葉っぱを払いながら私を見た。

そして、艶(つや)やかな声で問いかけてくる。

「……誰だ？」

「あ、朝香瑠依……です。そちらは？」

すらりとした長身をダブルの上質なスーツに包んだ、圧倒されるくらい端麗な容姿の青年だった。

「俺を知らない？　この家で？」

ここは『家』というレベルではない広さだけど、私は頷きながら理由を説明する。何となく、そうしなくてはいけないオーラがある。要は威圧感のある美形さんなのだ。

命じることが当たり前な、俺様な雰囲気を醸し出している。

「はあ……昨日来たばかりなもので」

「……昨日？」

青年は、じっと私を見つめた。思わず「すみません」と謝りたくなるほど強い視線だった。

そのタイミングで、苑子さんの声がする。

「――坊ちゃま！」

彼女は、ゆっくりとこちらに歩いてくる。

――え、坊ちゃま？

「苑」

「また木に登られたのですね？　もうそんなお年ではないでしょうに」

小さな子供の悪戯を窘めるような、言い諭すような苑子さんの口調に、青年は肩をすくめた。

「景色がいいからな。心配するな。落ちたりしない」

「そういう問題ではございませんよ。苑にあまり心配をかけないでくださいませ」

「わかったわかった。――それで、苑……この人は？」

面倒くさそうに頷いた青年の視線が、再び私を見た。

……えっと、ちょっと待って、『坊ちゃま』って、まさかこの人が……？

「昨夜は早くにお休みでしたから、ご紹介がまだでしたわね。こちらは朝香瑠依様、坊ちゃまの子守りになられる方です」

「……苑。俺に子守りは必要ない」

「旦那様がお決めになったことです。坊ちゃまは、少しばかり――いえずいぶん、我儘（わがまま）でいらっしゃいますから」

青年の抗議をパシッと拒絶して、苑子さんは私に向き直ってお辞儀した。

「おはようございます、朝香様。坊ちゃまが、何か失礼をしましたでしょうか」

「……いいえ。あの……苑子さん、坊ちゃま、って……」

「はい。八雲千尋様でございます。昨日お伝えしましたとおり、朝香様には、こちらの千尋様の子守りをお願いいたします」

……坊ちゃまって……どう見ても、目の前の男性は私より年上なのだが。

「子守り、と伺（うかが）ったのですけれど……」

記憶を辿れば、確かに一人っ子の我儘な坊ちゃまの世話係兼子守りと教育係——と聞いただけで、年齢を確認していなかった。だけど、明らかに自分より年上の成人男性の『子守り』なんて、普通ならあり得ない。一体何をどう世話して教育しろと言うのか。

「はい。旦那様にとって坊ちゃまはお子様ですから、子守りでございます」

「それは詭弁だ!」

「それは詭弁でしょう!」

——期せずして、千尋さんと私は同時に叫んでいた。

そして今、私は並べられた朝食に圧倒されている。

数種類の焼きたてのパンとボイルしたソーセージにオムレツ、サラダとスープとフルーツというホテルみたいな朝食は、素材の良さと調理技術の高さと食器の高級感が半端ない。

旦那様に相談してくるので、ひとまずご朝食を——と言って微笑んだ苑子さんは、私を朝食専用というこのダイニングルームに連れて来てくれた。

……ふわっふわだわ、このオムレツ。フォークではなくスプーンで、と言われたのが納得のやわらかさだ。そうです私は現実逃避しています。

私の向かいに座っていらっしゃる八雲千尋さんは、不機嫌なオーラを放ちつつも、苑子さんには逆らえないらしい。何も言わずに食事を進めている。

「――ご馳走さまでした。もういい」

きちんと食後の礼を述べて、給仕に片づけを促(うなが)す。私もほとんど終わっていたので、一緒に下げてもらった。給仕をしていた人が退室して、広いダイニングルームは私と千尋さんの二人きりになってしまった。

「……朝香、瑠依さん？」

「はい」

「俺の子守りとして雇(やと)われたそうだが」

「……小学生以下を想定していました」

「だろうな」

溜息まじりの千尋さんに、私は頷いた。お互いに、この『子守り』は『あり得ない』という意見で一致しているらしい。

「あのクソ親父の考えそうなことだ。昨日、いきなり休暇を命じて俺をここに監禁したから、何か企(たくら)んでいるとは思ったが」

セットしているわけではなさそうなのに、何だか色っぽく整っている髪をくしゃりと掻き上げて、千尋さんは苛立った声で呟いた。

「はあ」

さらっと言われたけど、父親が息子を監禁って、なかなかすごい家庭環境なんじゃ……

怪訝な顔をしたであろう私に、千尋さんは苦笑した。

「一ヶ月か二ヶ月、一つ屋根の下で過ごさせ、男と女の関係になったところ責任を取って結婚させる——というのが親父の企みだ」

「普通はそれ、女の人が使う方法じゃ……?」

ドラマや小説では、既成事実から交際あるいは結婚を迫るのって、大抵は女の人の方だ。

「前々から、結婚しろとうるさかったからな。痺れを切らして強硬手段に出たんだろ」

「なら、結婚なさればいいのでは……?」

「相手がいないのに結婚できるか」

「……ちなみにおいくつですか?」

「二十七になった」

それなら、まだ結婚を急ぐ年齢ではないのでは。その思いは顔に出てしまったらしく、千尋さんが溜息を漏らした。

「うちの会社は世襲制だ。自分の子供と同じくらいの年の社長なんて、あまりいい印象を持たれない。だから、せめて結婚しろというのが親父の考えだ」

なるほど……と思うと同時に、疑問が浮かんだ。

「うちの会社?　それに社長って……」

「八雲グループって知ってるか？　その中核の八雲ホールディングスがうちの会社で、俺が社長だ」

ちなみに親父は会長でグループの代表だと言われて、私は目を瞠った。

八雲グループは、誰もが知る超有名な企業グループだ。トップは由緒正しい血筋と言われ、資産額はどこかの国の国家予算を凌ぐという、桁違いのセレブ様。

それが、目の前にいる美形さん――天は二物を与えずって、嘘だわ。

「まあ、そんなわけだから俺に子守りは必要ない。そちらから断りづらいなら、俺が追い返したことにしておく」

「えっと、それは困ります」

確かに、『お世話係兼子守り兼教育係』の対象が立派な成人男性とわかった時点で、この求人は無効だ。けれど、今の私には仕事を選り好みしている余裕などない。まして、こんな破格の給料がもらえる仕事なんて、この先絶対にないはずだ。

「……ここにいたら、俺と結婚させられるぞ？　俺は親父の計画に乗るつもりはないが、親父は基本的に手段を選ばないからな」

八雲会長はどこの暴君ですか。とはいえ、私は千尋さんの言葉に、わかりましたと頷くこともできなかった。

私には、とにかくお金が必要だったから。

「こちらにも事情があるんです」

隠しても仕方ないので、私は千尋さんに事情をかいつまんで説明した。

昨年、父方の祖母がくも膜下出血で倒れ、手術費と入院費で自分の貯金がほぼ消えたこと。それ自体は後悔していない。私を育ててくれたのは、共働きで多忙だった——そしてすれ違って離婚した両親ではなく、祖母と、今は亡き祖父だったから。

この先、祖母と私の生活を考えたら、どうしたって先立つものが必要になる。けれど私は派遣切りで今月末には無職になってしまうこと、求職活動は今のところ全滅で、ようやく決まった再就職先がここだったことを話した。

「父親を頼らなかったのか？」

「ええ。両親はそれぞれ再婚してますし、そちらに子供もいますから……」

「……そうは言っても、自分の親だろう？」

「祖母が倒れた時、父に連絡しました。でも……『自分にも家族がある、そっちで何とかならないのか』と言われたので……」

あの時から、私にとって父は父でなくなった。あの人の家族は、新しい妻とその子供だけなのだ。

千尋さんは、ぬるくなった食後のコーヒーを一気に飲み干して、私を見た。

「繰り返すが、ここにいたら俺と結婚させられるぞ。現に俺は、親父に最低三ヶ月はここで静養しろと命じられている」

千尋さんはどう見ても健康そうだから、それが建前なのはわかる。

「千尋さんは、お父様に逆らえないんですか？」

「人事権を握ったままの会長、まして筆頭株主に逆らえる社長がいるか？　おまけに、ここは親父の城だからな。苑をはじめ、使用人は全員親父の味方だ」

千尋さんは、素直に閉じ込められるタイプには見えないんだけど。

「親父はやりたいことは絶対にやる。仕事はともかく、プライベートで思いどおりにしなかったことは一度もない」

思いどおりにならなかったではなくしなかったというあたりに、八雲会長の性格が窺(うかが)える。

「今回ばかりは、何が何でも俺を結婚させる気だ」

なるほど。千尋さんは素直に閉じ込められているというより、逃げても無駄だと思っているのか。

「だからって、どうして相手が私なんですか？　普通にお見合いさせればいいと思うんですけど」

私がそう言うと、千尋さんは遠い目をして首を横に振った。

「……親父は、政略結婚が嫌いだ。恋愛結婚でないと認めない自称ロマンティストだ」

「めちゃくちゃ迷惑な話ですね」

「心底そう思う。自分でやれと言いたい。俺の母はもう死んでるしな」

頷きながら私を見て、千尋さんがニヤリと笑った。

「親父の後妻を狙うか？　少なくとも金には困らないぞ」

「セクハラですか。お説教していいですか？」

正式な契約は結んでいないものの、私の雇用主は八雲会長であり、千尋さんは子守りの対象だ。一般常識がないと苑子さんも言っていたし、やっぱり躾（しつけ）は大事だと思う。

そんな私をじっと見つめた千尋さんは、しばし何かを考えるようにし——驚きの提案をしてきた。

「朝香瑠依。俺と結婚しないか？」

「あなた何言ってるんですか熱でもあるんですか諦めてどっか壊れたんですか」

思わず一息に返した私に、彼は怒るでもなくビジネスライクな言葉を続けた。

「お互いの現状問題だ。俺は一刻も早く仕事に戻りたい。そっちは金の為に仕事がしたい。——手っ取り早くその両方を叶えるには、俺達が結婚すればいい」

「……はい？」

「親父は、俺が結婚すると言うまで絶対にここから出さない。そろそろ孫の顔が見たいからって理由で、息子を監禁することに何の疑問も持たないからな。俺が折れなきゃ、最悪、年単位でこのままだ」

「それはお気の毒ですが……」

考え方を変えれば、その間私は仕事を確保できるので、心からの同情はできない。

「俺の子守りの募集サイトを見た。あんな怪しいサイトに履歴書、しかも写真添付のやつを送るなんて、そっちもずいぶん切羽詰まってるんだろ」

痛いところを鋭く抉られた。

確かに……いくら条件がよくても、あの募集サイトに迷うことなく履歴書を送ってしまったのは、危機管理能力が欠如していたと言わざるを得ない。

それこそ、ネットの掲示板に住所氏名電話番号を書き込んだレベルでヤバい。

「……否定はしません」

「だから結婚でどうだ？　今後の生活は保障するし、ばーさまの入院費その他も俺が払う」

私の危機管理能力について指摘しておきながら、こんな提案をしてくる千尋さんがわからない。

「どうして私なんですか？」

「親父と苑のチェックを通る女を今から探すのは面倒くさい」

「あなたならすぐ見つかるでしょう？」

「親父は知らないが、苑が認める女は今までいなかった」

そう言って彼は、肩をすくめて私を見つめた。

「俺はたとえ親父の企みに乗った形になってでも、仕事に戻りたい。そっちだって、給料が他よりいいってだけで怪しげな求人に申し込むくらい、焦ってるんだろ?」

美形は人と目を合わせることに躊躇いがないな! そんなにじっと見られると居心地が悪い。

「お互いの現状と目的を考えたら、結婚は悪くない手段だと思うが……俺と結婚するのに困る理由があるのか?」

嫌な理由ではなく、困る理由と聞かれると、私も答えに窮するわけで。

すぐに答えの出せない私に、千尋さんは更に追い打ちをかけてきた。

「なら、そっちに好きな男ができたら、即離婚する。それでどうだ? 要するに契約結婚だ」

「契約で結婚なんかできません」

咄嗟に反論してしまう。だけど——

「結婚なんか紙切れ一枚だ、別に大した問題じゃない」

千尋さんは何でもないことのように——本当にどうでもよさそうに言って席を立った。

「──半日やるからどうするか決めろ。こちらとしても、嫌なら無理強いはしない。ただその場合、親父が何を言っても、子守りは断らせてもらう」

ひらひらと手を振ると、千尋さんはダイニングルームを出ていった。

頭を抱える私を残して。

私は客間に戻って、今後について考える。

子守りの仕事が、何故結婚という話になったのかまったくわからない。でも、千尋さんは「結婚しないなら仕事もナシ」と言った。

会ったばかりだけど、宣言した以上、彼は絶対にそうする気がする。何というか、八雲会長とそっくりだと思った。

先立つものがないと生きていけないのは、十分すぎるくらいわかっている。かといって契約で結婚なんて常識的に考えても、簡単に頷けることじゃない。

どうしようかと何気なくスマホを手に取った時、着信履歴に気づいた。

見ると、祖母の入院先のソーシャルワーカーさんからだ。

すぐに折り返し、しばらく話したあと──私の腹は決まった。

そして、半日やると言った千尋さんを探す為、部屋の外に出る。

たぶんここだろうと当たりをつけて庭に行くと、思ったとおり長身の人影が見えた。

最初に出会った大きな木に凭れかかって、千尋さんは本を読んでいた。

ジャケットを脱いだベスト姿で、グレーのネクタイを緩く締めている。スーツでないと落ち着かないタイプなのかしら。

千尋さんは私の気配を察して、顔を上げた。黒曜石みたいに綺麗な瞳が、私を見つめる。

「結論は出たのか？」

「はい。お受けします」

「そっちの条件は？　俺の方は、親父が満足するまで、『妻』として振る舞ってくれればいい」

千尋さんは本当に仕事の内容を話すような口調だった。愛も恋もないけれど、それは私も同じ。恋愛不感症の私には、この契約はちょうどいいのかもしれない。

「祖母を、信頼できる介護施設に入れてほしいんです」

「ばーさま？　入院中じゃなかったか？」

「今はリハビリ病棟に入院してるんですけど、そろそろ退院しなきゃいけないらしくて。……でも、もとの家や私のところでは十分な世話ができないし、すぐに入れる施設も見つからないんです。――お金があれば別ですが」

そう言った私を、千尋さんはじっと見つめた。射抜くような視線を、今は真っ直ぐ受け止められる。――祖母の為なら、私は何でもする。

「ばーさまの為に俺と結婚するのか？　契約で結婚なんかできないって言ったのに」

「――私にとって、家族は、祖母だけなんです」

だから大切にしたい。祖母の為に私にできることがあるなら、迷わない。

「……結婚したら、家に引き取るか？　在宅介護の看護師や介護士を用意するが」

「お気持ちはありがたいですけど、一緒にいたら祖母に契約結婚だとバレそうなので」

私が首を横に振ると、千尋さんはそれもそうかと頷いた。

「うちの系列の施設ならすぐに入れる。医師と看護師と療法士が二十四時間対応できる、専属の介護士付き。食事も体調や持病に応じて用意されていたはずだ」

私は千尋さんに頭を下げた。ここまで誰かに感謝したのは――祖母の命を救ってくれた先生以来だ。

「――他に条件がないなら、これで契約成立になる」

「はい。ありがとうございます」

「礼を言うことじゃない。これは対等な契約だからな」

それでも、私に選択肢をくれた千尋さんに感謝するのは、当たり前だと思う。

「次はこちらの条件を果たしてもらう。親父に結婚の報告をして、婚姻届を出しに行く」

「結婚しましたという報告だけじゃ駄目なんですか？」

「駄目だな。親父は確実に戸籍を調べる。だからきちんと婚姻届を出して、夫婦として一緒に暮らしてもらう」

どこまで徹底しているんだろう、八雲会長は。

「わかりました」

私は事務的に答え、千尋さんも頷いた。お互いに『夫婦としての実生活』がどこまでを指すかを——具体的には夜のことだが——避けている。

「ただ、私にも都合があります。退職手続きやアパートの管理会社に退去の連絡をしなきゃいけませんし、祖母に結婚することを話したいので、すぐにというわけには……」

いきなり介護ホームへの入居だなんて、祖母には急展開すぎるだろう。会社の方は有休消化でそのまま退職できるとは思うけど、派遣会社には今後の相談をする必要がある。

「そんなに面倒くさいのか?」

「退職は問題ないと思いますが、アパートは更新するつもりだったので予定外ですし、姓が変わると手続きも複雑になるかもしれないので。派遣のコーディネーターさんには、次の仕事の条件が変わることを言わなきゃいけませんから」

「は?　仕事を続けるつもりか?」

千尋さんは、面妖(めんよう)なモノを見るような目を向けてきた。

「もちろん、続けますよ?」

「おまえは俺の妻になるんだぞ。そんな暇はない」

さりげなく『おまえ』呼びになったのは、契約結婚を受け入れたからだろうか。

「そう言われても……私、あまり貯金がないので、働かないと生活ができません」

私の説明に、千尋さんは難しい顔をした。

「結婚後は、パーティーや接待に付き合ってもらうことになる。仕事は無理だ」

パーティーなんて出たことはないけれど、契約結婚する以上、ほぼ義務だろうことはわかる。

「パーティーというのは、どのくらいの頻度で……？」

「規模を問わないならほぼ毎週だが、そこまで求める気はない。どうしても外せないものだけ出てくれれば、あとは専業主婦として自由にしていい」

それなら、空いた時間に働いてもいいのではないかと言った私に、千尋さんは首を横に振った。

「駄目だ。八雲の妻が働いているなんて知れたら、色々うるさい輩がいる」

でも、そうなると……私は、この契約が終わったあと、自分の生活費や祖母の施設費用を賄うだけ稼ぐ自信がない。

その不安を見抜いたのか、千尋さんはあっさりと妥協案を提案した。

「離婚の時は、おまえの有責でも慰謝料を払う。それとは別に俺の個人財産を半分渡すつもりだから、贅沢しても十分暮らしていけるはずだ」

「千尋さんの個人財産は夫婦の共有財産じゃありませんから、いただくわけにはいきません」

すごく魅力的なお話だけれど、平然とそれを受け取るほど私は恥知らずではないつもりだ。

すると、千尋さんは少し考え込んで——別案を提示してきた。

「なら、離婚して朝香姓に戻ったら、うちの会社に正社員で採用する。その代わり、八雲姓でいる間は俺の妻としての務めを最優先する。給料も払う。それでどうだ?」

自分にかなり都合がよすぎるような気がしないでもないが、正社員雇用は何よりありがたいので、遠慮せず頷いた。夢も何もない結婚ではあるが、今の私には必要なことだ。

「お言葉に甘えさせていただきます。でも、結婚している間はお給料はいりません。祖母の施設費用で十分です」

「契約には対価が必要だろ」

「貯金を切り崩して何とかします」

アパートの契約更新をしなくていいなら、まだ少し貯蓄がある。遣り繰り次第では一年くらいはもつ……かな? それ以上『契約』が続くなら、その時改めて相談しよう。

千尋さんは、秀麗な顔に呆れた表情を浮かべた。

「生活費は俺が出す。結婚する以上、夫が妻を扶養するのは当然のことだ」

契約結婚しろなんて常識外れなことを言う人に、こいつ常識は大丈夫か？　という顔で見られるのは心外だ。

「あの、それならせめて食費くらいは出させて――」

「そうなったら、俺はおまえに調理代を払うことになるな？　毎回いちいち経費を確認して、領収書を切り合う生活か？　面倒すぎるだろ」

千尋さんの言葉には一理ある。確かにそんな生活は御免(ごめん)こうむりたい。

「わかりました。では、掃除洗濯その他を頑張ります」

「ハウスキーパーを頼んでいるから必要ない」

「私、専業主婦になるんですよね？」

「……まあ、料理は作ってもらえると助かる」

それだけでいいのか。手料理に飢えている、というお約束展開なのか。

「先に断っておきますが、私の料理は十人並みですから。インスタントも使いまくりますから」

「別に、美味(うま)ければそれでいい。家庭料理は、苑の料理で慣れてるしな」

あなたの『おいしい』の基準がわからないんですが。しかも苑子さんの料理……ハードルが高そうだ。

むう、と少し困った私を、千尋さんは物言いたげに眺めている。

「……何ですか？」

「いや……おまえ、他には何もないのか？」

「他とは？」

質問の意図を測りかねて問い返すと、千尋さんは何とも言えない顔になった。

「どんな家に住みたいとか、指輪はこのブランドがいいとか、新婚旅行はどこに行きたいとか」

「契約上、千尋さんのお家に居候させていただきますが、指輪や新婚旅行はいりません」

だって、私達の結婚は契約だ。結婚の証である指輪や、旅行は必要ない。

「それに一番欲しいものは千尋さんがくれましたから」

「……欲のない女だな」

千尋さんは呆れたように言うけれど、足るを知るって大切だと思う。

私は、人並みの生活ができればそれでいい。

「そんなことより、本当に結婚の許可が出るんでしょうか？」

「出る。親父も苑もおまえのことを気に入ったから、俺の子守りとして採用したんだ」

今ひとつ納得できないでいる私に、千尋さんは自信ありげに笑った。

それからすぐに、私は千尋さんに連れられて八雲会長のお部屋に行くことになった。

会長のプライベートルームは、お屋敷と渡り廊下で繫がった別棟にあるそうだ。

通されたのは昨日の洋風の応接室とは違って、三十畳ほどの和室だった。飴色の座卓や床の間の調った部屋に、八雲会長は胡坐をかいてゆったりと座っていた。開け放たれた濡れ縁から見える座観式庭園には、梅や桃が咲いていて春の息吹を感じさせる。

部屋には、ちょうどお茶を届けに来たらしい苑子さんもいた。

「親父。瑠依と結婚するからここから出せ」

突然名前を呼び捨てにされ、私は一瞬戸惑った。

男の人に呼び捨てにされた経験は父以外は記憶にない。だけど、千尋さんが口にした響きはどこか優しくて——嫌な気持ちはしなかった。

「千尋。そこは『お父さん、結婚したい女性がいます』と紹介するのが筋だろう」

「おとーさま、結婚したい女性がいるので紹介します」

棒読みで返した千尋さんに、八雲会長は満足そうだ。その後ろに控えた苑子さんも、嬉しげに微笑んでいる。……本当に、こんな適当でいいのかしら……

「瑠依さん、本当にこの息子でいいのかね」

「……優しい人だと、思います」

私は、ほとんど皆無といっていい千尋さん情報から、何とか答えを捻り出す。

　その瞬間、会長が目を瞠った。

「……瑠依さんは、千尋に何か脅されたりしているのかな」

　千尋さんの父親への評価もひどかったけど、ここまで息子を信用しない父親というのもどうなんだろう……仲が悪いわけではなさそうだけど。

「どうして、今朝会ったばかりの相手を脅迫する必要があるんだ」

「今朝会ったばかりの相手と結婚するのもおかしいだろう?」

「俺の一目惚れ。運命でも宿命でもいいが、とにかく瑠依と結婚したい。——お望みどおりの恋愛結婚だろう、おとーさま?」

挑むような千尋さんの言葉に隣で聞いている私はハラハラする。

　そんな挑発するみたいなこと言って、契約結婚だとバレたらどうするつもりなんだ。

「無論、結婚は構わない。おまえと瑠依さんの自由だ。ただし、千尋」

「何だ」

「偽装夫婦では困るぞ」

　ずばりと言われて、私は表情を動かさないよう、心を無にした。千尋さんはどうなのかとそっと窺ったら、平然としている。強い。

「私は孫の顔が見たい。できれば、最初は孫娘がいい。おじいちゃまと結婚するの、と言われたいんだ。だから、一日も早く子供を作りなさい」

強く言い諭してくる八雲会長に、揃って笑みを浮かべる。作り笑顔です。

千尋さんと私は契約結婚なので、会長の孫が生まれることはないと思う。

「結婚となれば、ここでゆっくり静養というわけにもいかないな。急いで、瑠依さんをおまえの部屋に迎えなさい。必要な手配は……」

すぐにも動き始めそうな八雲会長の言葉を千尋さんが遮った。

「親父、瑠依にも都合がある。退職の手続きや引っ越しとか。少しは常識で考えたらどうだ」

会長には申し訳ないが、千尋さんが正しいです。全面的に私の台詞をパクッてるけど。

「そういうことなら、おまえの職場復帰は、瑠依さんの引っ越し完了後になるな」

「……瑠依。今すぐ荷物をまとめろ」

苛立った声で千尋さんが私に命じたところで、苑子さんの優しくも厳しい声が飛ぶ。

「奥様になる方に、そんな言葉遣いはいけません。夫婦とは対等なのですよ、坊ちゃま」

苑子さんには弱いのか、千尋さんはやや間を置いて言い直した。

「……帰る支度をしておいてくれ。あとで迎えに行く」

少しだけやわらかい言い方に直ったので驚いた。更に「迎えに行く」がプラスされている。千尋さんにとって、苑子さんの言葉は絶対らしい。

「ふむ。相変わらずおまえは苑子には弱いな」

「うるさい」

　――思いのほか簡単に結婚を許可されたことにほっとする。

　にこにこしている八雲会長と苑子さんに挨拶(あいさつ)をして、部屋を出た。……そして、二人同時に大きく息を吐き――第一関門突破に胸を撫で下ろすのだった。


　少ない荷物をまとめ終えたとほぼ同時に、部屋のドアがノックされる。

「はい」

　ドアを開けると、千尋さんが立っていた。私のバッグを見て、少し首を傾(かし)げる。

「荷物は、それだけか？」

「ええ」

　仕事終わりに面接に来たのだから、荷物といっても通勤用のバッグだけだ。そう言う千尋さんは、手ぶらである。

「千尋さんのお荷物は？」

「スマホと財布と車の鍵があればいい」

　ここは千尋さんにとっては別荘だから、着替えその他はいつも置いてあるらしい。

「それから、瑠依」

「はい」

「俺に敬語はやめろ。正確にはやめてくれ。私生活まで敬語を使われるのは疲れる」

仮にも夫婦になるんだから、と言われたけど、仮の夫婦だからこそ線引きは必要だと思う。

「契約結婚なのに？」

「仕事の同期だと思えばいい。上司でも先輩でもなく、同期」

「その設定だと、私は社会人三年目ですから、千尋さんは二浪あるいは浪人と留年をしていることになりますが」

「そこまで細かく設定しなくてもいいだろ」

千尋さんはふっと小さく笑った。

この人、口調や態度は俺様だけど――何だかんだで、私の希望を受け入れてくれたり、配慮してくれたりする。

「……何だ？」

「俺様系かと思ったら、実は優しい人なのかなあと」

そう言ったら、千尋さんは私を眺めて、嘆息した。

「おまえ、本当に騙されやすいタイプだな……もう少し人の裏側を勉強しろ」

「でも千尋さん、今は素ですよね？　さっきの、苑子さんへの態度も」

「否定はしない。結婚する以上、おまえ相手に表面を取り繕うつもりはないしな」

大きな会社の社長でもあるのに、千尋さんは私の遠慮のない物言いにも怒らない。

ほぼ初対面ながら、私にとって、千尋さんはとても話しやすい人だった。

「とりあえずは、おまえの家まで送る。俺が必要な手続きはあるか？」

「引っ越しと退職ですから、特にありませ――あ」

言葉を途切れさせた私に、千尋さんは玄関へ歩きながら先を促(うなが)すように茶化してきた。

「俺は敬語はやめろと言いましたが」

「千尋さんこそ敬語はやめてください、致命的に似合ってません。……私の家具や荷物って、どのくらい運んでもいい……の？」

明らかに肩書きも年齢も上の男性相手に、敬語を使わないというのはなかなか難しい。

「好きなだけ持ち込んでいいぞ。部屋は余ってる」

「……部屋が余ってる……一度は言ってみたい台詞(せりふ)……」

「ちなみに金も余ってる」

「それは不用意に口にしてはいけない台詞(せりふ)です！」

思わず突っ込んだ私に、千尋さんは声を立てて笑った。

――こうして、私と千尋さんの結婚生活が始まった。

恋も愛もないけれど、打算と利益共有はある『契約結婚』が。

2

アパートに戻った私は、早速派遣会社に連絡して退職の意思を伝えた。

残りの契約日数は、引き継ぎの為の出社を残してすべて有休消化にしてもらう。そして、派遣会社には家庭の事情ということで、一旦求職登録を停止してもらった。

続いてアパートの退去についてだけど、これは引っ越しの日が決まってからの方がいいだろう。

そう思った私は、千尋さんに電話して今後の予定を立てることにした。

有休消化に入ったら引っ越し準備をしつつ、祖母の退院と介護ホームへの入居手続きについて確認する。それから千尋さんと一緒に婚姻届を出しに行って、週末にはアパートの解約手続きと彼の家に引っ越しの予定となった。

かなり過密スケジュールだけど、千尋さんは来週にはどうしても出社したいらしい。その為、今週中に入籍と引っ越しまで終わらせたいそうで、引っ越し会社の最大の繁忙期にあっさりと業者を確保してしまった。

更新しないだけだから違約金はなく、敷金の一部も戻ってくる。よかった。

まあ、解約手続き中に私の姓が変わったら、また別の手続きが必要になりそうだし、スムーズにいくならありがたいことである。

そんなわけで、一気に埋まったスケジュールアプリを確認し、私は最後の出社に向かった。

水曜日のお昼休み、休憩室で一緒になった奈津美に声をかけられた。

「瑠依。今日でラストってほんと？」

奈津美には『水曜日で出社終わり』と簡単に連絡していた。

「うん、本当」

「次、決まったの？」

「うん。何とかね……今日、引き継ぎしたら、あとは有休消化に充(あ)てる。足りない分は、欠勤扱いになるけど」

次といっても、就職ではなく契約結婚だけれども。

詳しく言えない私に、奈津美は嬉しそうに「よかったね」と言ってくれた。

「あたしは結局、実家に帰ることに決めたわ。面接したとこの条件があんまりよくなくてさ、こっちから断っちゃった」

「そうなの？」

「うん。これからは農業に励むわ。……ただ、田舎に帰ると、結婚結婚ってうるさくなるのがね……」

奈津美は苦笑しているけど、私は『結婚』という言葉に挙動不審にならないよう努めた。

「ま、瑠依も次が決まったならよかったよ。心配してたんだ」

「ありがとう」

奈津美には結婚のことを話しておくべきか迷ったものの、詳しく説明できない以上、黙っていた方がいいと判断した。

でも、心から心配してくれていたのが伝わってくるだけに、少し心苦しくなる。

「これからも東京には遊びに来るつもりだから、その時は連絡していい？」

「もちろん。——あ、でも次のところはスケジュールが不規則っぽいの。先に連絡してくれたら、予定を空けるよ」

派遣でたまたま一緒になった縁だけど、奈津美は大切な友人だ。ここでお別れじゃなく、また会いたいと思っている。

「絶対だからね、瑠依。ついでに、次の職場でいい人見つけたら教えてね」

私は曖昧に笑って返答を誤魔化した。

仕事の引き継ぎは問題なく終わり、最後のタイムカードを押した。

一応、「お世話になりました」と関係者に簡単な挨拶を済ませてオフィスを出る。

家に向かいながら私は小さく自問した。

「……千尋さんに、報告した方がいいのかな……」

でも、日曜日までのスケジュールはすでに打ち合わせてある。

改めて知らせることでもないだろう、そう思ったタイミングで、スマホが着信を告げた。

バッグから取り出すと、そこには登録したばかりの『千尋さん』という名前が表示されている。

「……はい」

『今、どこにいる?』

「会社の近く……だけど」

『そこからなら……アウーラホテルのラウンジで待ってろ』

「え、どうして」

アウーラホテルは、私のような一般人には縁のない五つ星の一流ホテルだ。そんなところに、この一般OLファッションで入れというのだろうか。

『俺とおまえは、近々入籍予定だよな?』

「そうですね」

事実なので否定はしない。すると、千尋さんは私の予定を確認してきた。

『明日はおまえ、ばーさまの入院先に行くんだろ?』

「はい」

『瑠依。言葉遣い』

「……うん。行く」

面倒くさいな、この人は！　ちょっと丁寧語が混じるくらいスルーしてほしい。

『その前に、直接細(こま)かい点について話し合っておきたい。でないと、ばーさまに結婚のいきさつを聞かれても上手(うま)く対処できないからな』

「……は?」

……何を言ってるのかな、千尋さんは。

『夕食のついでに打ち合わせするぞ。おまえ、好き嫌いやアレルギーはあるか?』

どんどん話を進めていく千尋さんの言葉を、私は慌てて遮(さえぎ)った。

「あの、まさか……祖母の入院先に……ついて来るつもり……とか?」

『もちろん。入籍する前におまえの家族に挨拶(あいさつ)するのは当然だろ。——そういうわけだから、ホテルのラウンジで待ってろ』

そう言って、こちらの返事を待たずに一方的に切られた。

「……やっぱり、あの人俺様系だわ！」

それでいて、入籍の前に家族に挨拶(あいさつ)するとか言ってくる。千尋さんの思考回路はまったくわからない。

元々、生活環境が違いすぎる相手だ。

私はこれから始まる同居生活が、少し不安になるのだった……

アウーラホテルのティーラウンジで待っていると、すぐに千尋さんがやって来た。しかし、私の格好を見るなり、有無を言わさずハイブランドショップへ連れて行った。

抗議しようとする私を、『契約の一環だ』という一言で黙らせて。

いくつかのブランドを回り、店員さんに選んでもらった服を次々と試着していく。

素直に渡されたものを試着する私を、千尋さんが不思議そうな顔で眺めていた。

一通りの買い物を終えた私達は、千尋さんが予約していたレストランに来ている。

正直、個室なのがありがたい。

洋食の作法は、カトラリーは外側から順に使う、くらいの知識しかない。今のところ注意されていないから、間違ってはいないようだ。

内心ほっとしていると、千尋さんが話しかけてきた。

「おまえ、動じなかったな」

「動じない？」

「いきなり着替えさせられても怒らなかったし、ショップでも物怖じしてなかった」

千尋さんの言葉に、私は納得して頷いた。

「確かに初めての経験でしたけど……『契約の一環』と言ったのは千尋さんですし。……あ、これおいしいですね」

前菜の、蟹とムール貝の冷製ムースは蕩けるようになめらかだった。最初に出てきたアミューズ——キャビアを使った一口タルトもおいしかった。

「気に入ったなら、これも食べろ」

そう言って、千尋さんが自分の分の前菜をくれた。マナー違反かもしれないけど、お礼を言って受け取った。食欲旺盛ですみません。

出会ってまだ数日だけど、千尋さんとの会話は変に気を使わなくていいから、とても楽だ。

私は目の前に座る千尋さんを見る。

さらりとした黒い髪、切れ長の瞳、すっと通った鼻梁と少し薄い唇。それが奇跡のようなバランスで配置された顔は、神様に贔屓されているとしか思えない。

まるで人に観賞され、絶賛される為に存在するような美貌だ。

そんな人と、会ったその日に契約とはいえ結婚を決めるなんて、我ながら驚いてしまう。

何より、そのことを後悔していない自分にびっくりだ。

「……いずれ、それなりに外見も整えさせられると思っていましたから。私の普段の格好じゃ、千尋さんとは釣り合わないし」

「釣り合わなくはないだろ」

それを本気で言っているから怖い。

あえてお値段を気にしないようにしていたけれど、さっき買ったワンピースと靴とバッグは、それぞれ軽く私の月収の上をいっていた。

でも千尋さんにとっては、この値段の服は『普通』なのだろう。

「じゃあ、スーツが上下九千八百円で買えるって言ったら信じます？」

「――それは、使い捨てか？」

千尋さんの美貌に、明らかな驚愕が浮かんだ。その表情を、可愛いと思ってしまう。

「もちろん、クリーニングに出して、使い回すんですよ」

「一度着てみたい気もするな……」

美形は着るものを選ばないと言うし、千尋さんならお徳用スーツもオーダーメイドスーツに見えるだろう。

「千尋さんさえよければ、今度は私が行くようなお店に付き合ってください」

「行く」

何だか楽しそうに千尋さんが即答する。そんな彼に、私はもっともらしく注意を口にした。

「その時は私がお金を出すので、千尋さんはお財布を出しちゃ駄目ですよ」

「女に払わせるのは……」

「男女平等。私も今日は甘えますから、次は千尋さんが甘える番です」

それが『対等な契約関係』だと言った私に、彼はそんなものかと頷いてくれた。

そして祖母に会うなら、私達の結婚が契約だとバレないようにお願いした。結婚の理由はお任せする。

——突然の夕食……デート？　は思ったより楽しかった。

千尋さんの愛車でアパートまで送ってもらい、お礼を言って別れた。

契約で結婚なんて、と思っていたけれど、千尋さんは優しい。彼となら、それなりに上手くやっていけるのではないかと思えた。

明日は祖母に会いに行く。

……おばあちゃん、千尋さんを連れて行ったら驚くだろうなあ……

翌日の午前十時。

アパートの階段を下りたら、千尋さんの車がすでに停まっていた。

あの超高級車は、日常生活にはかなり不向きだと思う。

「おはようございます」

助手席のドアを開けて挨拶(あいさつ)してから、車に乗り込む。千尋さんは、昨日より落ち着いた雰囲気のスーツを着ていた。

「……はよ」

ちょっと眠そうな千尋さんに、私は首を傾(かし)げる。

「もしかして……昨日、お酒とか飲みました？」

「飲んだ。日付が変わる前にやめたから、アルコールは残ってない」

そう言いながら、あくびをかみ殺す千尋さん。とはいえ、免許は持っていてもペーパードライバーの私には、運転を代わってあげることはできない。

「……緊張して寝つけなかったんだよ」

私の視線に気づいた彼は、深い息を吐いて寝不足の理由を教えてくれた。

「おまえも、親父と面接する時は緊張しただろ」

「それは、まあ」

今後の生活がかかっていたわけだし。

「俺だって同じだ。おまえのばーさまに反対されたら、この契約自体が駄目になるんだからな」

俺様な彼にしては、ずいぶんと弱気な発言で驚いた。

「──どうせなら、悪印象より、好感を持ってほしいだろ。孫娘を嫁にもらいたいんだから」

ぽつりと零して、千尋さんは車を発進させた。

お互い必要に駆られての契約結婚なのに、彼は祖母に誠意を尽くそうとしてくれる。

そんなことを言われたら、こちらの調子が狂ってしまう。

何とも言えない落ち着かない気分で、私は窓の外を眺めた。


祖母が入院している病院は、都心から少し離れた静かな街にある。

リハビリ病棟の大部屋に行くと、祖母がベッドの上で身を起こして待っていた。

「瑠依ちゃん」

私を見つけてほっこり笑う祖母は、前にお見舞いに来た時よりずっと元気そうに見える。

そのことに安心して、私は笑顔でベッドへ歩み寄った。

祖母は私の手を支えに、杖を突いてゆっくり立ち上がる。前に来た時は、車椅子だったことを思えば、杖が必要とはいえ自分で歩けるくらいに回復していることに安堵する。

今日はこれから、ソーシャルワーカーさんと一緒に今後について面談することになっていた。

「ごめんね、瑠依ちゃん。迷惑かけるね」

「そんなことないよ。面談が終わったら、そのまま施設の入居日を決めるつもりだけど、おばあちゃんは、それでいい？」

「うん。でも……瑠依ちゃん。聞いた話じゃ、あたしにはもったいないような場所だよ」

お金もかかるだろうと心配そうな祖母に、私は笑ってみせた。

「大丈夫。──ほら、行こう？」

同室の患者さん達に挨拶をして、祖母を支えてゆっくり部屋の外へ出る。面会用の明るいテラスルームまで行くと、千尋さんが珍しそうに周りを見ていた。

「千尋さん」

声をかけると、彼がこちらに近づいてくる。

秀麗な顔立ちがいつもより冷たく見えるのは、緊張の為だろう。

……だけど──おばあちゃんが硬直しているから、少しでも笑ってもらえないだろうか。

「……瑠依ちゃん？」

明らかに場違いなセレブオーラを纏っている千尋さんを見て、祖母が困惑した声で私を呼んだ。

「えっと……今、お付き合いしている人。結婚するつもり。あのね、おばあちゃんの入る施設の手配は彼がしてくれたの」

嘘は言っていない、嘘は。

昨日デートしたから『お付き合い』していることにはなるはずだし、結婚だって恋愛結婚じゃないだけ。それに、ホームの手配をしてくれたのは間違いなく千尋さんだ。

「八雲千尋と申します。ご挨拶が遅くなって申し訳ありません。瑠依さんとは、結婚を前提にお付き合いさせていただいております」

絵に描いたような美形が、これまたマナーのお手本のように綺麗なお辞儀をした。

祖母はぽかんとして千尋さんを見つめ——私を振り返ってくる。

「まさか、あたしの為に、瑠依ちゃん、結婚するのかい？」

「そうですね」

私が否定するより先に、千尋さんが頷いてしまった。

「千尋さん⁉」

「瑠依さんがおばあさまをとても心配していて、結婚はできないと言うので——設備の整ったケアホームを用意するから、結婚してほしいとお願いしました」

「瑠依ちゃん……」

「ち、違う——違わないけど、違うから！」

おばあちゃんの為に人生かけちゃったのかって顔しないで！　確かにかけちゃったけど、後悔はしていない——契約だとは、絶対に言えないけど。

「瑠依ちゃんが、無理して結婚するようなら、あたしは……」

「無理してないから！　私がお願いしたの！　おばあちゃんが安心して生活できるようにしてくれるなら、結婚するって！」

まだ納得していない様子の祖母に、私は小さく告げた。

「……嫌いな人と結婚できるほど、私、器用じゃないよ」

それは、偽(いつわ)りない私の本心だ。祖母を真っ直ぐ見て、私は言葉を続けた。

「私をそんな風に育てたのは、おばあちゃんとおじいちゃんでしょ？」

私をじっと見つめていた祖母は、テラスルームの椅子にそっと腰を下ろした。

「……瑠依ちゃん。彼氏さんと二人で、話をさせてくれるかい？」

「でも、ソーシャルワーカーさんとの面談……」

「それは瑠依ちゃんに任せるから」

「――ホームの入居用の書類だ。医師のサインをもらっておいてくれ」

千尋さんは安心させるように微笑み、私に書類一式を預けて祖母の向かいに座った。

後ろ髪を引かれつつ、二人を残して面談の行(おこな)われる医事棟に向かった。

……千尋さん、昨日打ち合わせしたとおり、上手(うま)くおばあちゃんを納得させて……！

私はソーシャルワーカーさんと面談し、退院その他の手続きを終えた。

相談室を出ると、スマホに千尋さんからのメッセージが届いていた。祖母との話し合いは無事に終わって、外で待っているからゆっくり話してこいとのこと。

私は急いで祖母の病室に向かった。

「おばあちゃん」

私の方を向いた祖母が、苦笑しながら口を開いた。

「千尋さんとお付き合いしていることも、結婚を考えていることも、おばあちゃん全然聞いてなかったから、びっくりしちゃってね。瑠依ちゃんからも、千尋さんに謝っておいてくれるかい？」

「うん。それで、その……」

言葉を濁(にご)した私に、祖母は穏やかな笑みを浮かべた。

「瑠依ちゃんが幸せなら、あたしはそれでいいんだよ」

幸せ。

——この結婚は、私にとって幸せなんだろうか。

なんて、考えるまでもない。祖母が安心して心穏やかに暮らせるなら、私は幸せだ。

「うん。ありがとう」

そのあと、ソーシャルワーカーさんから聞いた主治医の所見とリハビリの注意点を祖母に話した。

新しい施設の専属医や介護士との打ち合わせは私がすることにして、入所予定日を説明する。

私が付き添えない場合は、施設の方からアソシエイトさんが迎えに来てくれるそうなので、困ったことがあればその人に相談してほしいとお願いした。

何でも我慢してしまう祖母に、施設の人に言いにくいなら私に連絡してねと念押ししたら、心配性だと笑われる。

そうやって、リハビリが始まるまで、久しぶりの祖母との時間を楽しんだのだった。

病院を出て駐車場に行くと、千尋さんの車はとても目立っていた。

というより、彼自身がとにかく目立つ。

車に凭(もた)れかかっている長身の美形さんは、老若男女問わず、通り過ぎる人達の視線を集めまくっていた。

「すみません。お待たせしました」

「ん」

私が声をかけると、千尋さんは小さく頷いて車に乗り込んだ。私も助手席に座ってシートベルトを締める。

「あの、祖母は」

「賛成というか、結婚の許可はもらった」

千尋さんは、ほっとした様子でそう言った。

「俺の親父がおまえを気に入って、息子の嫁にと紹介してきたことにした」

「そのまんまですね」

「まあな。けど、この結婚について、これ以上のリアリティと説得力のある嘘を思いつけなかった」

昨日一晩考えた結果、下手に取り繕うよりは、契約という部分以外は事実を伝えた方がいいと判断したらしい。

嘘に嘘を重ねると、いつかどこかで無理が生じる。

千尋さんの言葉に私は深く納得した。そして、運転席の彼に向き直り頭を下げる。

「ありがとうございました。祖母に会ってくれて」

あんな超高級施設に移るからには、どうしたって祖母には説明しなくてはならなかったのだ。

それをこんな形で叶えてくれた千尋さんには、感謝してもしきれない。

綺麗な顔で私を見つめる千尋さんは、何でもないことみたいに気にするなと言ってくれた。

このままアパートに帰るのかと思っていた私に、千尋さんが話しかけてくる。

「引っ越す前に、一度部屋を見に来ないか？　必要なものがあったら先に注文した方がいいだろ」

「そうですね、確かに」

「ついでに、俺の部屋で何か作れ」

出た、俺様発言。こちらの返事を聞く前に自分の思いつきを優先するあたり、千尋さんはやっぱり我儘だと思う。まあ、料理を作るくらいは別にいいけど。

先に『十人並です』と断ってあるから、過度な期待はしないだろう、うん。

「何か食べたいものはありますか」

「特にない」

「あのですね。食事を作るには、献立を考えて買い物をしなきゃいけないんですよ。どうせ冷蔵庫は空っぽか、酒とおつまみくらいしか入ってないんじゃないですか？」

私がありがちな展開を想像して言うと、千尋さんは鼻で笑った。

「食材の買い置きくらいある。俺だって料理はするからな」

「なら、千尋さんが私に料理を振る舞ったらどうですか。自分の家に招くんだし」

「そういうものか？」

「そういうものです」

「わかった」

……本当に、変なところで素直な人だ。それはさておき、何をリクエストしようかな。でも、千尋さんの方が料理上手だったらどうしよう。

「じゃあ、夕飯はグラタンな」

「リクエスト聞いてよ⁉」

「俺はグラタンの気分なんだが……まあいい。グラタンか、シチューか、カレーの中から選べ」

「その三択⁉」

「料理はするが、得意なわけじゃない。だからレパートリーが少ないのは当たり前だ」

そんなことを威張って言われても……お坊ちゃまだから仕方ないのか。

「……グラタンでお願いします」

シチューもカレーも、二人分作るのは難しいから消去法だ。余ったら冷凍すればいいんだけど、千尋さんの部屋には冷凍用のタッパーはない気がする。何よりこの人、「冷凍すれば？」と言ったら、鍋ごと冷凍庫に入れそうだ。

「言っておくが、俺はグラタンしか作れないからな。サラダは瑠依が作れよ。あ、ベーカリーに寄ってパンを買おう」

どこか機嫌よく、千尋さんは自分の部屋に向かって車を発進させた。

——お金って、あるところにはあるのね……

平凡で一般的な感想だけど、そうとしか言いようがなかった。

超がいくつも付くような高級マンションの最上階のフロア。

そこをすべてぶち抜いて5ＬＤＫにした部屋を、千尋さんは自分用として使っているそうだ。ワンフロアをまるっと使って5ＬＤＫ。つまり、一部屋が信じられないほど広い。

「何という無駄遣い……」

「何が」

「一人でこの広さとかあり得ない。掃除するハウスキーパーさんも大変だろうなと思って」

私はここに来る途中で買ったサラダ用の野菜と、ベーカリーで買ったパンを千尋さんから受け取って、五十畳はありそうなリビングを見回した。

黒やグレーなどモノトーンで統一された室内はシックで落ち着いた雰囲気だ。きっととんでもない高級品なのだろうインテリアは、私の趣味に合っていた。

値段さえ気にしなければ、だが。

天井の高い開放感のある部屋には、観葉植物やアンティークが絶妙に配置されていた。雑誌で見たことのある超一流ホテルのスイートルームをより広くしたような部屋に、私は溜息をつく。

……この部屋で暮らすのは、ものすごく緊張しそうだ……

「ここをおまえの部屋にするつもりだ」

千尋さんに促されて、瀟洒なドアを開ける。

そこは二十畳くらいありそうな広い部屋だった。

白とアイボリーを基調に調えられた部屋には、セミダブルくらいのベッドと、薔薇色の大理石を天板にした上品なテーブル、一人掛けのソファーがあった。私の部屋より広そうなウォークインクローゼットには、大きな姿見も付いている。

「予想に違わずお高そうな部屋ですね、落ち着きません」

「内装は好きに変えていい。……ところでおまえ、危機感が足りないとか言われたことないか？」

呆れた様子の千尋さんに、私は首を傾げる。そして、「ああ」と頷いた。

「部屋に男と二人きりとか誘ってんのか？ってやつですね。私と千尋さんとの間に、そういう展開は起こりません」

そもそも、その気があるなら私に危機感云々を聞く前に、ベッドに押し倒して逃げられないようにしてから言うものだと思う。

そう言った私に、千尋さんは脱力していた。

「……おまえは本当に色気がないな」

「契約結婚にそこまで求めないでください」

私にとって千尋さんは恩人であり、契約の相手だ。『妻』としての務めは真面目に頑張るつもりだけど、色気を期待されても困る。そんなものは初めから持っていない。

私の言葉に、千尋さんは深々と嘆息し、達観したように笑った。

「最低限の家具しかないからな。必要なものがあったら、リストアップしておいてくれ」

そう言うと、千尋さんはもはや厨房と言っていいレベルの広さのキッチンに入って行った。

残された私は、もう一度ぐるりと広い部屋を見る。家から持ってくるものの配置を考えつつ、必要そうなものを考える。

……パソコン用のデスクが欲しいかな。あのテーブルに置くのは躊躇われる。高級すぎて。

ドレッサーは必要ないか。

契約結婚だし、いつ離婚しても大丈夫なように荷物は少ない方がいい。

うん、必要なものは確認した。では、サラダを作りに行きますか。

「瑠依。グラタンはシーフードでいいか」

リビングに戻った私に、キッチンから声がかかった。

「はい」

さっきスーパーで、車海老と帆立を買ってましたよね。私に聞くまでもなく、明らかにシーフードグラタンを想定してましたよね。

「パンとグラタンだけじゃ足りないよな……芋でも入れるか」

「海老と帆立で十分です。具沢山ですごいことになるから、お芋は諦めてください」

……料理をあまりしないというのは本当らしい。

いくらおいしくても、何でも入れればいいというものではない。

「そんなものか？」

そう言って、こちらに顔を覗かせた千尋さんは、インスタントのグラタンセットを持っていた。

あなた、先ほど、ドヤ顔で『グラタンなら作れる』と威張っていませんでしたか。

「インスタントですか」

「インスタントは日本の食品メーカーの努力の賜物だぞ、ありがたく利用するのが日本人だろ」

「じゃあ、シチューとカレーもルーが違うだけでインスタントなんですか？」

「おまえな……俺みたいな箱入りの超お坊ちゃまが、ホワイトソースを一から作ったり、スパイス調合からカレーを作ったりしたら完全に嫌味だろうが」

溜息をついて諭された。

……いや、セレブな美形という時点で、普通の男性にとっては嫌味だと思うし。

「そういうわけで、俺はグラタンを作る。おまえはサラダを作れ」

ほら、とエプロンを渡されて、私はキッチンに入って行った。

それからしばらくして、千尋さんのシーフードグラタンと、私のサラダが無事完成した。ついでにオーブンで温めたバゲットがテーブルに並ぶ。

キッチンには洗い物がぐちゃぐちゃになっているかと思いきや、千尋さんはちゃんと片づけながら料理していたので、残っている洗い物は食器とお鍋くらいだ。

六人掛けのダイニングテーブルにつき、食事を始める。

夕飯は、安定のおいしさでした。インスタント万歳。

私は目の前に座る千尋さんをそっと観察した。——さすがに、カトラリーの使い方が綺麗だ。それに、グラスを傾ける仕種や、水を飲む喉の動きすら恐ろしく色っぽい。

「あの、千尋さん。今後のことなんですが」

「ん?」

「引っ越しとか、ハウスキーパーさんが入る日時とか確認しておきたいんですが」

「引っ越しはおまえは業者に指示するだけでいい。服や小物は自分で梱包してもいいが、大きな物は専門家に任せろ」

と言われても、この家にすでにある冷蔵庫やテーブル、食器棚なんかを持ってきても置き場に困る。寝る時は、基本、お布団だったけどここにはベッドがあるし。

「すぐには使わない家具があるなら、空き部屋に放り込んどけ。不要なものは、業者が処分する。ハウスキーパーが入る時間はおまえの都合で変更していい。ここでの生活はおまえの好きにしろ」

光熱費その他の生活費の支払いは引き落としだから問題ないそうだ。食費は、千尋さんの毎月の費用を元に、その二倍の現金を渡してくれるという。

……絶対、そんなにいらない。

「籍を入れたらおまえ名義のカードを作るから、自分の買い物はそれを使え」

食事の時間は、平日の朝は七時。夜は日によって違うので、事前に千尋さんが連絡してくれるそうだ。

他にも細々したことを話しながら、何かあればその都度相談することになった。

私はこれから、この人と一緒に暮らすんだ……

家族以外と暮らしたことのない私には、他人との生活は未知だ。……それでも、あまり不安はなかったりする。

自分でも不思議だけど、私は結構千尋さんのことを信頼しているみたいだ。契約と言いながら、色々と気遣いや配慮をしてくれるところに好感を持っているからかもしれない。

そんなことを考えながら食事を終え、洗い物をしようとしたら、千尋さんはさっさと下洗いして食洗機にセットし、お鍋もきちんと洗ってしまった。自炊しているというのは、嘘じゃないようだ。

「——何から何までご馳走様でした。おいしかったです」

リビングのソファーに座れと言われた。このソファーは、何かの番組で見たイタリアの超高級ブランドの、一人掛けでも六十万以上というソファーに似ている。

……うん。考えないようにしよう。

三人掛けのソファーに座ったところに、千尋さんが食後のコーヒーを淹れて持ってきてくれた。コーヒーカップも、それを置かれたリビングテーブルも明らかに高級品だった。

そして当たり前のように千尋さんは私の隣に座った。仕方ない、だってここは千尋さんが一人暮らししている部屋だから、ソファーはこのロングソファーだけなのだ。

テーブルを挟んだ向こうには大きなテレビしかない。

「瑠依のサラダも美味かったぞ」

「それは、高いドレッシングのおかげかと」

一本千円もする日向夏のドレッシング……値段に違わずおいしかった。

「あれより高いドレッシングなんかいくらでもあるけどな」

「あはは、じゃあ私が作ったからおいしかったんでしょうね」

「そうだな」

――ふざけたのに、素直に頷かれると、ものすごく恥ずかしい。持ちネタが滑った芸人さんの気持ちが、何となくわかった。

「……あ、えっと、パソコン用のデスクが欲しいから、買ってもいい？」

「欲しいのがあるのか？」

「今日、家に帰ったらネットで調べてみます」

「わかった。決まったら連絡しろ、手配する」

「え？　いえ、自分で買いますよ？」

「――瑠依。敬語はやめろと散々言ってるのに、一向に直らないな。罰として、俺が買う」

どうしてこの人の発想は、こうもズレているんだろう。罰なら私に買えと言うべきだ。

私が溜息をつくと、千尋さんも同じく溜息を零す。

「おまえ、『罰なら自分で買えって言うのが普通なのに』とか思ってるだろ？」

「うん」

当たっているので、素直に頷いてしまった。すると、千尋さんがふっと微笑む。

「それじゃあペナルティにならない。おまえの性格からして」

そう言って手を伸ばしてきた千尋さんが、私の頬に触れた。

彼が私に直接触れるのは、初めてかもしれない――

「自分の金を使うより、俺に金を使われることの方が、精神的負担になる――違うか？」

頬に触れた彼の指先はひんやりとしていた。

……違う、私の頬が熱を持っているんだ。

「ち、違いません」

「また、敬語」

「……だって、千尋さんは年上で、社会的地位とかも私より全然上で！　そんな人にタメ口とか、いきなりは無理ですよ！」

「無理でもやれ。おまえは俺と結婚するんだから」

「契約結婚です！　世間一般の常識として、年長者に敬語なしというのは……」

私の精一杯の反論に、千尋さんは絶対的支配者のような表情で眼光を鋭くした。

……完全に俺様モードに入りましたよ、この人！

「瑠依」

彼の低い声は耳に心地よく、同時に反論を許さない傲慢（ごうまん）さを含んでいた。

「世間一般の常識は関係ない。俺が、おまえに、敬語を使われたくないと言ってる」

千尋さんの指先が、するりと私の頬を撫でた。瞬間、ぞくりとした感覚が背筋を走る。

「いい子だから、俺を困らせるな」

「こ、困ってるようには見えません！」

「そうか？　結構困ってるぞ。どうやったら、おまえを——」

私を見つめる千尋さんの瞳が妖しく細められ、何だか身動きできなくなる。

しかし、不意に千尋さんが視線を外した。

「……送る」

「は、い……」

何故か、千尋さんの顔が見られなかった。痛いくらい心臓が騒ぐのはどうしてだろう……

きっと、あり得ない美形の千尋さんに至近距離で見つめられたからだ。うん、そうだ。

そういうことに、しておこう。

私は自分の中のよくわからない感情を無理やり呑み込んだのだった。

千尋さんにアパートまで送ってもらった私は、すぐにお風呂の用意をした。

——さっきの、何かを言いかけた彼の表情が、何故か頭から離れてくれない。

思い出した途端、また心拍数が跳ね上がった。一体自分はどうしてしまったのか。

その時、当の千尋さんから連絡が入って、飛び上がるほど驚いた。

『明日、保証人を頼んだ親父から婚姻届を受け取って、区役所に行く。八時半に迎えに行くから朝食の用意をして待ってろ』

「……」

私は溜息をついて返信する。相変わらず俺様な文面を目にしたからか、心拍数はもとに戻っていた。

「千尋さんの超高級車を停めておけるコインパーキングが近所にないので、朝食は外にしましょう。奢ります」

しばらくして、返信が来た。

『車の中で食えるものを適当に作れ』

……どうしても私に作らせたいらしい。

あの超高級車の中で飲食しようなんて、セレブの考えることはわからない。

「サンドイッチか、おにぎりなら」

私が諦めて返信すると『サンドイッチ』と返ってきた。まあ、おにぎりよりは食べやすいだろうけど、パン屑を落とさないように気をつけてもらわないと。

あの車を汚すなんて、私の神経がもたなそうだ。

翌朝、予定どおりに、千尋さんが迎えに来た。

この人、絶対に遅れないんだよね、早く来て待っていることもないし。とにかく時間ぴったり。こんな超高級車を長々とアパートの前に停められても困るので、私としては助かる。

「おはようございます」

「……はよ」

「……おはようございます？」

「おはようございます」

挨拶(あいさつ)は人間関係の基本だ。きちんと返されたのを確認して、私は助手席に座った。そして、すぐにキッチンペーパーに包んだサンドイッチを渡したら、千尋さんが複雑な表情をした。

「……あのな、瑠依」

「はい？」

「普通……こういう時は、自分の分も用意したり、もっと数があったりするもんじゃないのか？」

「私は先に食べました」

「それにしたって、致命的に量が足りないと思うんだが」

「すみません、パンがなかったもので」

家にあったのはトースト用のパンが二枚。よって自動的にサンドイッチは一種類となり、それを半分に切ったから数は二個だ。

「あと、中身がおかしくないか」

「具材もそれしかなかったので」

「なら昨日のうちにそう言えよ」

「おいしいじゃないですか、ジャムサンド」

「……ここまで気持ちの込もってない手料理は初めて食う」

「どんな気持ちを込めろって言うんですか。いらないなら返してください。私が食べます」

そう言って、運転席の千尋さんに手を突き出した。

「おまえは朝食食ってきたんだろ」

「それくらいまだ入ります」

千尋さんは、コンビニで買ってきたらしいコーヒーをぐいっと飲んだ。

セレブなのに、百円コーヒーも飲むのかと少し驚いた。ちなみに、私にはペットボトルの果実ジュースを買ってくれていた。

あっという間にジャムサンドを食べ終えた千尋さんを、じーっと見つめる。すると、彼はどこか気まずそうに「……ご馳走さま」と言った。

……うん、こちらの意図は伝わったらしい。よかった。

気を取り直したらしい千尋さんは、シートベルトを締め直す。そして車を出す前に、ポケットから出した小さな箱を私に渡してきた。

「婚約指輪だ。今のうちに嵌めといてくれ」

箱の中にはきらきらと輝く豪華な指輪が入っている。

私は指輪と彼を交互に見つめて、思い切って口を開いた。

「あのですね、千尋さん」

「何だ」

「前に、私に好きな人ができたら離婚すると約束してくれましたけど……私、恋愛不感症っぽいので、たぶんこの先、誰かを好きになることはないと思うんです……」

契約結婚とはいえ夫婦になるのだし、契約に関係してきそうなことは先に打ち明けておいた方がいいだろう。

「ですから……私じゃなく、千尋さんに好きな人ができたら離婚する、という約束でいいですか？」

婚姻届を提出する前に確認するのは、私のささやかな良心というべきか。

しかし――

「――俺は不貞行為はしない」

千尋さんは素っ気なく言って、そのまま黙って車を走らせたのだった。

＊＊＊＊

超のつく安全運転で実家に向かっていたら、瑠依が思い出したように問いかけてきた。

「そういえば、千尋さん」

「何だ」

我ながら優しさの欠片もない口調だ。もう少し優しく言えないのか俺は。

「これからの生活について再確認したいんですが」

小さなメモ帳を用意しているあたり、瑠依は真面目だと思う。

「専業主婦として、食事の用意をして、必要なパーティーや接待に同伴し、あとは自由……という感じで問題ないですか」

「ああ。ただ、パーティーには専任の外観担当がいるから、そっちに一任することになる」

「……外観担当？」

きょとんとした瑠依に、俺は前を見たまま説明する。

「簡単に言えば、俺や親父の外観をコーディネートする係だな。見た目を整えるのも経営者の責務らしい。当然、結婚すれば、おまえもその対象になる」

外観担当チームの責任者である夏来香也は、俺が結婚すると知って喜んでいた。

なんせ母が死んで以来、二十年ぶりの『奥様』だ。『やっと私達の本領を発揮できます！』と感激した様子で電話をかけてきた。

「採寸からデザインまで担当する。他に、全身の定期的なメンテナンス、パーティーでの所作なんかも叩き込まれる。取引先の役職と名前と顔を覚えさせられたりな……」

「……私、人の顔を覚えるのは苦手なんですけど……頑張ります」

自信なさげに言った瑠依の頭を撫でてやりたくなった。運転中なのが残念だ。

何故、契約結婚の相手を瑠依にしたのか、実は自分でもよくわからない。

この年でそれなりに金を持っていれば、寄ってくる女はいくらでもいる。華やかな女もいれば、地味な女もいたし、清楚な女も、至って平凡な女もいた。

その中で、瑠依が特別だったかといえば――そんなことはない。

ただ、茶褐色の大きな瞳が印象的だった。やわらかそうな髪と、小さな鼻と唇。一見、控えめな顔立ちをしているが、笑うと目尻が少し下がって可愛らしさが際立った。

何故か目が離せず、ずっと見ていたくなる気がする。

結婚しろとうるさい親父を黙らせる為の契約結婚だが、瑠依の物怖じしない性格や、祖母を大切にしているところ、そして男慣れしていない甘え下手なところを好ましく思っていた。

少なくとも、一緒に暮らすのが楽しみなくらいには。

「……千尋さん？」

瑠依が大きな瞳でじっと俺を見ている。

「いや……予想より、色々順調に進んだな、と思って」

嘘ではない。……本当でもないだけで。

「入籍から引っ越しまで、こっちの都合を押し付けることになって、おまえには悪かったと思ってる」

「別に気にする必要ないですよ？　だって、私の最優先は千尋さんなので」

さらっと言って、瑠依は視線を前に戻した。

「奥さんになったら、それが当たり前でしょう？」

そういう、『契約』だから。

瑠依は誠実に、契約を守ろうとしている。その誠実さが、何故か俺の心を苛立たせた。

——相変わらず、馬鹿みたいに広い屋敷だ。

自動で開く門扉(もんぴ)を通り抜け自宅の敷地に入る。「ここは本当に東京二十三区ですか」と、瑠依に真顔で聞かれた。それくらい、実家の敷地は広い。

明治時代だか大正時代だかに著名な建築家がデザインした八雲本家は、これまで何度か増改築している。外観は歴史を感じさせる洋館だが、家の中は最新の設備だ。

庭師が手入れした庭園を眺めながら、駐車場に車を停める。近くに親父の車も停まっていた。

事前にアポを取っておいて正解だった。

でないと、あちこちふらふら遊び歩くからな、あの親父は。

瑠依を連れて玄関まで歩くと、待ち構えていた執事の西森が恭しく礼をし、ドア係が扉を開いた。

パブリックスペースの扉、つまり両開きの扉は自分で開けるなというのがこの家――というか俺と親父が叩き込まれたルールだ。

正直、面倒くさい。そのうち、瑠依にも説明しておかなくては。

使用人達は節度を守りつつ、瑠依を見ている。いずれこの屋敷の『奥様』になる瑠依が気になるのは、仕方のないことだろう。

西森が俺達を案内したのは、日当たりのいいサンルームだった。

「ああ、瑠依さん。よく来てくれたね」

親父は長椅子に深く座って日向ぼっこしていた。仕事をしろ。

俺がこの家を出たあと親父付きになった苑は、俺と瑠依がソファーに座ったタイミングで、アイスティーを出してくれた。

「これから婚姻届を出しに行くから、早く寄越せ」

前置きもなく要求すると、親父は俺を無視して瑠依に話しかけた。

「瑠依さん、孫の顔はいつ見られるかな」

「まだ結婚もしてないのに孫ができるか！」

そう毒づくと、こちらに視線を向けた親父に溜息をつかれた。

「おまえには言っていなかったが……先日、健診を受けたんだよ」

「え……」

急に声のトーンが下がった親父に、思わず反応した。俺ではなく瑠依が。

「――健康には問題はないが、生き甲斐を見つけた方が人生は楽しいでしょうと医師に言われた」

「そうですか、おとーさま。生き甲斐というなら、仕事をしてはどうですかねぇ」

半ば予想していた答えに苛立つ。

……瑠依に余計な心配をかけるんじゃない。

「仕事を生き甲斐にするほど、私はつまらん人間ではない」

頼むから仕事をしてくれ。いや、仕事をしないならしないでいいから、人事権はこっちに寄越せ。イラッとした俺に気づいたのか、苑が親父に耳打ちし、白い封筒を差し出してきた。

必要事項に記入した婚姻届だ。

俺がそれを受け取ったのを確認して、親父はじわりと笑った。

「人生百年だ、孫の誕生を楽しみに生きるとしよう」

親父のことだ、薄々は俺達の契約に気づいている気もする。それなのに、反対するどころか本気で孫の誕生を楽しみにしていることが伝わってくるから、性質が悪い。

「……まあ、全部先の話だ。行くぞ、瑠依」

「あ、はい。――保証人の件、ありがとうございました、八雲会長」

立ち上がりながら瑠依を促すと、彼女はぺこりと親父に頭を下げた。

「瑠依さん、これからはお義父さんと呼んでくれないかな」

「無視していいぞ、瑠依」

「……はい、お義父さま」

「披露宴などの予定は？」

「……え、っと、その」

「まだ決めてない。婚姻届を出してから考えるから、口出しするな」

俺は強引に話を打ち切って、瑠依の腕を掴んで部屋を出た。

区役所に婚姻届を提出して無事受理された。これで、俺と瑠依は正式に夫婦になった。

今日はこのあと、瑠依を外観担当チームに紹介する予定だ。

車を運転しながら、俺は知らず嘆息する。

「……思ったより、おまえに負担をかけそうだ」

パーティーその他はともかく、親父の『孫の顔を見たい』発言は予想外だった。いや、あえて考えないようにしていた、と言うべきか。

「――契約ということをご存じないので、仕方ないです。それ以外のことは頑張りますので」

そこで一旦区切ると、瑠依は慎重に言葉を選びながら続けた。

「えっと……不貞行為はしないって千尋さんは言ってましたけど、会長はお孫さんを待っているわけですし、千尋さんもお子さんが欲しくなった時は、ちゃんと離婚しますから……」

「……俺にその気はない」

離婚――それは結婚した直後に言うことか、という『世間一般の常識』は、契約結婚である俺達には関係ない。だが、契約だから言えることもある。

「子供は……おまえが産めばいいんじゃないか?」

その言葉は自然と出てきた。

「は?」

瑠依は一瞬、何を言われたか理解できないという顔をした。

「親父に孫の顔を見せてやりたいなら、おまえが俺の子を産むしかないだろ」

俺達の結婚は確かに契約だ。でも、夫婦に変わりはない。ならば、流れで家族になるのも変わらないのではないかと思った。

「待ってください、私とあなたは契約結婚です」

「ああ、まだ契約条件を詰めてなかったな——主に、夜の方の」

「ナシです！」

「夫婦だぞ、実生活付きの。俺はアリだ。……幸い、今日は初夜だしな、じっくり話し合うとするか」

狼狽（ろうばい）している瑠依というのは珍しくて、ついからかいたくなる。

「……無理です、無理。妻としての役割に、それは含めないでください」

「そこまで嫌がられると、さすがに傷つくんだが」

「——愛情のない夫婦に育てられる子供を、私は作りたくないので」

そう言った瑠依から、瞬時に感情が抜け落ちた気がした。

瑠依はいつも淡々としているが、ここまで無感情になったことはない。

——どうやら俺は、彼女の地雷を踏んだらしい。

「悪かった。言い過ぎた」

「……え？」

「いくら夫婦でも、同意もなく抱いたりしない」

俺が言うと、瑠依はあからさまにほっとした。

……だから俺に、そういう安心しきった顔を見せるな。

瑠依の反応からして、本当にそういうことは考えていなかった、あるいは当然含まれないと思っていたんだろう。俺も最初はそのつもりだった。

俺は親父の跡を継がなくてはならないが、俺の跡を継ぐのは俺の子である必要はないと思っている。

つまり、どうしても子供が必要なわけじゃない。

そういう意味の欲がないとは言わないが、義務や契約でするものではないこともわかっている。

だから瑠依との契約条件には入れなかったが――

「……ちょっと過剰反応しました。ごめんなさい」

「いや、からかった俺が悪い」

瑠依は諦めたように微笑んだ。そのまま、車窓を流れる景色に視線を向ける。

「……私、恋愛不感症の上に人間不信なんです」

ぽつりと零（こぼ）されたのは、独白にも似た苦い言葉だった。自己嫌悪に満ちた声で、瑠依は続ける。

「言いましたよね、両親が離婚しているって。――離婚するのはいいんです。嫌い合っているのに夫婦を続ける必要なんかないから」

感情を抑え、平静を保とうと努力している声だった。

「……でも、自分の母親が倒れたのに……『そっちで何とかしてくれ』とか、『俺にはもう家族がいるから』なんて言う人が、私の父親なんです」

そう言って、薄く笑った気配がする。

彼女に……こんな、自分を嘲(あざけ)るような笑い方をさせた瑠依の父親に無性に腹が立った。

「瑠依――」

「だから私は、人を好きになるのが怖いんです。理解できないんです。結婚するくらい好きだったのにあっさり離婚して、でもまたすぐに再婚して子供を作って、捨てた家族には興味もないなんて……」

「……俺はそんな男に見えるか？」

瑠依の恋愛不感症や人間不信の原因が彼女を捨てた父親だというなら、俺は時間がかかっても、父親とは違うと理解させればいい。だが、瑠依は首を横に振った。

「……母親もおんなじなんですよ。離婚する前から、ずっと私を祖母に預けっぱなしで。仕事一筋で、父とすれ違って離婚して、でもまた再婚して子供を産んで――千尋さんは父とは違います。でも、私は母と同じかもしれない」

コツン、と小さな音がした。ちらりと見ると、瑠依は窓ガラスに額(ひたい)を当てて、静かに泣いていた。

「……ごめんなさい。婚姻届を出す前に言うべきだったのに」

「瑠依」

「ちゃんと、妻として振る舞います。でも……本当の妻には、なれない」

――俺を拒絶する言葉なのに、何故か助けを求める声にも聞こえた。

愛されたくて、必死に手を伸ばしているように見えるのは、きっと間違いじゃない。

「おまえはおまえだ――母親と同じじゃない。俺だって、おまえの父親と同じにはならない」

「……千尋さんは優しいですね」

「俺はいつでも優しいだろうが」

「そうですね――時々ものすごい俺様で、契約結婚なんて常識外れの提案をしたりしますけどね」

少し調子が戻ってきたのか、憎まれ口をたたく瑠依を鼻で笑った。

「そうだな。俺とおまえは契約結婚だ。最初から世間一般の『普通』の家庭を築くのは無理だろ。俺達は俺達らしい夫婦になればいい」

普通で一般的なことだけが、大切なわけじゃない。たとえ歪(ゆが)んでいても、必要なことだってある。

俺と瑠依は、互いが必要で契約結婚した——今はそれでいい。

3

——驚いた。千尋さんは、私に対してそういう欲求があるらしい。

でも私は……誰かに自分を預けることはできそうになかった。そんな欲もない。

私の両親は、恋愛結婚だったけど離婚した。子供より自分のしたいことを優先する人達だったから、離婚はあの二人にとって自然なことだったのだろう。

祖母への仕打ちさえなければ、私も両親の離婚については何とも思わなかった。

ただ、夫婦や家庭といったものに夢を見なくなったのは確かだ。だから『契約結婚』をすんなり受け入れたのかもしれない。

——恋愛不感症の人間不信。

そんな私を知ってなお、千尋さんは自分達らしい夫婦になればいいと言ってくれた。

その言葉に、何故かわからないけど心のどこかが救われた気になった。

外観担当の責任者に会う前にと、連れてこられたのは、上品なエステサロンだった。二階建ての普通の家っぽいけど、隠しきれない上流階級オーラが漂(ただよ)っている。

このエステサロンは八雲家専用だそうな。

……何それ、エステサロンを私有してるって。

呆れた私を伴(ともな)って、千尋さんはサロンの扉を開いた。リン、と涼しい音がする。……そこに付いているモニターホンは、あなたには見えないのでしょうか。

けれど千尋さんはこれが当たり前らしく、すぐに奥からエステティシャンらしき人達が現れた。

「ここはリラクゼーションも兼ねてる。親父は気が向いたら即行動に移すからな。気に入った店に予約を捻(ね)じ込むよりも、好きな時にいつでも施術(せじゅつ)してもらえる直接雇用が楽なんだとよ」

「リラクゼーションはそれでいいとして、エステは何の為に？」

「こういう時の為。つまり、おまえの為だ」

千尋さんは真顔で私を見下ろし、はっきり言い切った。ということは、ここのエステティシャンが、すべて私と千尋さんに付ききっきりになるの？

……正直、逃げたい。でも、逃げられない。

「夏来が、打ち合わせの前におまえの状態を確認したいんだそうだ。まあ、契約の一環だと思って諦めろ。……俺もこれについては諦めるしかなかった」

慰めにもならない言葉をくれた千尋さんに、私達の会話が途切れるのを待っていたらしい壮年の白衣の男性が近づいてくる。

「千尋様、今日はいかがいたしましょう」

「寝たい。とにかく寝たい」

そう言うと、千尋さんは男性の後ろに控えていた綺麗な女の人を呼んだ。

「笠原、妻の瑠依だ。今日は軽く状態を確認して、夏来に報告しておけ。このあと打ち合わせに行く。その他、夏来から指示があれば従うように」

「かしこまりました」

まだ二十代半ばであろう女性――笠原さんが、キラキラした笑顔で頷いた。すっきりとまとめられた髪、綺麗な肌にきちんとメイクした姿からは、押しつけがましさのない美意識を感じる。

「笠原芹香です。本日は、精一杯務めさせていただきます」

――その言葉は、地獄のフルコースの始まりだった。

私はすぐに個室へと案内され、ゆったりしたリクライニングチェアに座らされる。

まずは髪質を確かめながらのヘッドスパ。途中からショートボブがよく似合う大沢由真さんという女性も加わり、ベッドに横たわっての施術が行われる。

「駄目！　駄目ですよ、瑠依様！　髪もお肌も手入れがなっていません！　若さに任せて放置していいなんてのは、幻想です！」

「全体的に少し乾燥気味ですね……保湿はちゃんとなさってます？」

芹香さんと由真さんは、施術(せじゅつ)しながら代わる代わるお説教してくる。

「……化粧水と乳液は毎日つけてます」

「化粧水は浴びるように使っていますか？　コットンに含ませてパタパタ叩く程度じゃ駄目ですよ!?」

「つ、使ってません……ケチケチ使ってます……」

「そんなことで、なめらかな赤ちゃん肌が手に入ると思ってはいけません！」

「すみません！」

「適当なお手入れのわりには、肌質は問題ないようですね。色白ですし、肌理(きめ)も細(こま)かくて綺麗です。荒れてはいますが、取り返せないレベルではありません」

由真さんの言いようも、何気にひどい。そんなにいい加減かな……だって化粧品は高いんだもの。

「このあとは、デコルテと背中のお手入れをします。それから、全体のサイズ確認も行(おこな)いますので」

「わかりました」

「では早速、そこで全裸になってください。……逃がしませんよ、瑠依様。採寸は基本的に全裸で行(おこな)うものです」

笑顔の芹香さんに全力で抵抗したけれど、由真さんまで加わって、私は容赦なく服も下着も剥(は)ぎ取られたのだった。

そして——芹香さんと由真さんが私を解放してくれたのは、すでに夕方に近かった。ここに来た時はまだ日が高かったので、じっくりたっぷり数時間は手入れされたことになる。

「瑠依様。こちら、今後のエステの予定表です」

にっこり笑った芹香さんが、今後のスケジュールを細(こま)かく説明してくれた。全身脱毛にスキンケア、デコルテや背中や脚のお手入れに加え、ＴＰＯに応じたメイクやネイルその他……

聞いているだけで疲れる。

がっくりと項垂(うなだ)れた私に、笑顔の由真さんが、スキンケア用品とヘアケア用品を渡してきた。うん、きっとものすごくお高いんでしょうね。ボトルを見ればわかる。

そこに、千尋さんがやって来た。私を見て眉を寄せると、足早に近寄ってくる。

「……疲れてないか？」

心配そうに顔を覗(のぞ)き込んできた彼に、何故かほっとした。

「笠原、あまり瑠依に負担をかけるような施術(せじゅつ)はするなよ」

「今日は状態を確認して、簡単なお手入れをしただけです」

「瑠依が嫌がらない範囲にしておけ」

「夏来さんの指示ですけど？」

眉を寄せる芹香さんに、千尋さんは毅然(きぜん)とした態度で言い切る。

「夏来の指示より瑠依の意思を尊重しろ」

まず私の気持ちを優先しようとしてくれる千尋さんに驚き、何だか胸が温かくなった。

「かしこまりました。──夏来さんのお叱りは、千尋様が受けてくださるのですね」

満面の笑みを向ける芹香さんに、千尋さんがぐっと押し黙る。

「……夏来に叱られず、瑠依が嫌がらない範囲で」

……直前の私の感動を返してください。

「美しくなる為、また美しさを維持する為には、日々の努力とお金が必要なんですよ、瑠依様」

「……はい」

仕方ない。これも『契約』だと思って頷くしかなかった。

千尋さんは次に、外観担当チームの本拠地なる場所に、私を連れて行った。

都内の一等地にあるお洒落な建物だけど、店名も何も出ていない。セキュリティらしきパネルに千尋さんが手を当てると、ピッと電子音がしてドアが開いた。

一歩足を踏み入れると、室内はトルソーや色とりどりの布地、靴やバッグが溢れている。そこで作業をしていた三人の女性が、手を止めてこちらを見た。すぐに立ち上がって一礼する。

「作業中に悪いな。夏来はいるか？」

「はい。二階でデザインを考えているので、呼んで参ります」

「頼む。瑠依、夏来が来たら、メンバーを紹介する」

一人が二階に上がっていく間に、千尋さんと私の前に他の二人が整列した。どちらも、しっとりと落ち着いたファッションの女性だ。

「千尋様、遅いです！　時間がないんですから――って、まあ！」

そう言って、軽やかに階段を下りてきた女性は、私を見て嬉しそうな声を上げた。

「先にエステに行けと言ったのはおまえだろうが。瑠依、あの年甲斐もなく派手なのが夏来香也、外観担当チームの責任者だ。それから、向かって右から牧村、坂本、伊倉。手が足りない時は他にも入れるが、基本的にはこの四人が担当してる。――夏来、妻の瑠依だ」

「初めまして、朝香――じゃなかった、八雲瑠依です」

その響きをちょっとくすぐったく思いながら頭を下げる。頭を上げた途端、がばっと夏来さんに抱きつかれた。……何⁉　何が起こってるの⁉

「夏来。いきなり抱きつくな。瑠依がびっくりしてる」

「お体のラインとサイズと感触を確かめただけです——瑠依様、合格です。なんて抱き心地がいいのかしら」

「瑠依のサイズは、先に笠原達から報告が入ってるはずだろうが」

「数字など無意味です。実地に勝るものはありません」

夏来さんの主張はわかったけれど、未だ抱きつかれたままの私は、心臓がバクバクしている。

「細すぎるのは困りますが、瑠依様はとてもバランスがよくて嬉しいわ」

「はあ……あの、夏来さん」

「お肌は……芹香ちゃんと由真ちゃんがきちんとお手入れしてくれたようですね。髪も艶(つや)がありますし、指通りもいいわ……」

夏来さんは私の髪を梳(す)きながらうっとりしている。舌打ちした千尋さんが、やや乱暴に私を夏来さんから引き離した。

「瑠依はおまえの人形じゃない。あんまりべたべた触るな」

「触らなきゃわかりませんよ。私は感覚を何より大切にしているんですから」

「新しいやり方を開発しろ」

「まあ。五十を過ぎた私に新しいやり方を考えろだなんて、千尋様は鬼ですか！」

「あの……夏来さんは、千尋さんの服を選ぶ時も抱きついているんですか？」

私の素朴な疑問に、二人は同時に嫌な顔をした。

「――何と言いますか、今、心の清らかな部分を抉られた気持ちになりました……」

「自分だけ被害者ぶるな。俺だってぞっとしたぞ」

「二十年前の千尋様ならともかく……こんなデカブツ願い下げですよ」

「誰がデカブツだ」

「線の細い儚げな美青年になってから出直してくださいな」

千尋さんはゴツくはない。スーツが似合うしなやかな長身だ。たぶん百八十五センチ以上はありそうだし、スタイルもいい。

「瑠依。夏来はこんなだが、儚げな美青年じゃない俺や親父のコーディネートも完璧だから信用していい」

何だかんだ言いつつ、千尋さんは夏来さんを絶賛した。夏来さんは、満足そうに微笑んでいる。

「それでは、瑠依様。こちらにどうぞ」

そんな二人を無視して、外観担当チームの牧村さんが、優しく私の手を取った。

「チーフのセクハラが再開する前に、別室で瑠依様のお好みを伺います。お好きな色やデザインなど、色々お聞かせください」

「好みですか？」

「ええ、お好きなものとお似合いのものが一致するとは限りませんが、できるだけ瑠依様の好みに沿えと、社長から念を押されていますので」

「千尋さんが？」

私が聞き返すと、牧村さんはくすくすと笑った。

「瑠依様が嫌がることは絶対にするな、と。それはもう真剣――いえ、懸命――というか必死に」

――契約の一環と言いながら、こうしていつも、千尋さんは私を気遣ってくれるのだ。

そういう彼の為なら、私は『妻』として頑張ることができるような気がする。

そんなことを考えつつ、私は牧村さんに連れられて、奥のフィッティングルームへ入った。

＊＊＊＊

「――瑠依は？　まだフィッティングルームか？」

「時間がかかってますね」

「かかりすぎだ。言ったはずだぞ、瑠依が嫌がることはするな」

「お洒落(しゃれ)は我慢ですよ、千尋様」

「瑠依には必要ない」

ただでさえ、俺と結婚することで、瑠依には想像以上に負担がかかっている。一日も早く仕事に戻る為に、スケジュールを詰め込みまくったから、きっと疲れているはずだ。

原因を作った俺が言うのもおかしいが。

「瑠依様は、スタイルのバランスはとてもよろしかったので、普段のお召し物は既製服でも大丈夫ですが、ドレスの類(たぐい)はきちんとお作りしませんと。八雲家の奥様になったのですから」

「瑠依は俺の妻であって、八雲家の奥様じゃない」

親父の妻っぽく聞こえるから、その表現は絶対に認めない。

「瑠依様が侮(あなど)られたら、千尋様の評価が……」

下がると言いかけた夏来に、俺はゆっくりと言い聞かせた。

「瑠依を個人として尊重しない人間なら、俺はいらない」

「……」

驚いた顔で俺を凝視していた夏来は、根負(こんま)けしたように肩を落とした。

「……急な結婚でいらしたから、何らかの打算があってのことと思っておりましたけど」

打算しかない。だって契約結婚だからな。

俺の事情に瑠依を巻き込んだ以上、できる限りあいつに不快な思いをさせたくなかった。

「まさか愛してるとか、おっしゃいます？」

夏来は、俺が生まれた時からの付き合いなので、基本、俺への言葉や態度に遠慮がない。

「……さあな」

「ちーくん」

「その呼び方はやめろ」

誰も聞いてなくても恥ずかしい。幼少期に俺をそう呼んでいたのは、母と夏来だけだ。

「瑠依様がお好きなんですか」

「一緒にいて楽しいのは事実だな」

声に、これ以上は答えない、という意思を込めると、夏来は追及をやめた。

――俺と瑠依の関係は『契約』だ。今はまだ、それでいい。

俺は夏来を連れてフィッティングルームに移動した。

＊＊＊＊

「夏来。それは色がきつい。瑠依はもう少し薄い色が似合う」

「お黙りください。濃い色合いでも、瑠依様には似合います」

こういう風に千尋さんと夏来さんの意見が対立した時は、実際に私が試着する。そして大抵、千尋さんが折れることになるのだ。

「パーティー用のドレスの生地は、こちらに」

夏来さんが示した先には、艶のあるベルベットやシルク、サテンにシフォンにタフタにシャンタン。そして、明らかに手編みとわかるレースなど。それらの布地が鮮やかな色を競うように置かれていた。

ものすごく高価な生地が、数百枚はありそうで目眩がする。

「服はいいとして、アクセサリーはどうするんだ？」

千尋さん。そこに山のようにアクセサリーが置かれていますよ。

……まさかあれ、全部私用とか言いませんよね？

「八雲家伝来の宝飾品と、私達が瑠依様に合わせて選んだ最先端のもの、それからトラディショナル——伝統的なデザインのものを揃えております」

「ああ……」

そう言いながら、千尋さんはアクセサリーをじっと見ている。

「お気に召しませんか？」

苦笑する夏来さんに、千尋さんははっきりと頷いた。

「ドレスは任せる。――瑠依、夏来に外出用の服を選んでもらえ」

「外出用？」

どこかに行くんですかと聞いた私に、千尋さんは超高級ジュエリーブランドの名を告げた。

驚いたのは私だけで、夏来さんはすぐに上品なグレーのアンサンブルとスカートを用意してくれる。

「……だから。地味だろ」

再び眉を寄せた千尋さんに、夏来さんが鼻で笑った。

「こういう落ち着きのある、上品な素材の服を着こなせる若い女性は少ないんですよ。着替えた瑠依様を見て、惚れ直したらよろしいわ！」

そして夏来さんは、「着替えるんだから出て行け」と千尋さんを隣室に追いやった。強い。

着替えたあと、アドバイスされながらメイクを直す。

「素敵ですよ瑠依様。家にいる時も、メイクはきちんとなさいますように」

普段と同じナチュラルメイクなのに、使う色を変えただけで、こんなにも違うのか、と驚いた。

——女の化粧は詐欺だ、と実感した。

「あの……夏来さん。もしかして千尋さんは、まだアクセサリーを買うつもりなんですか？」

あんなにたくさんあるのに、と続けた私に、夏来さん達は軽やかに笑った。

「買うには違いありませんが。作らせるおつもりでしょうね」

「ああ、作らせる——作らせる⁉」

思わず聞き返すと、夏来さんはさらりと頷いた。

「はい。瑠依様に似合うものを一から作らせるんです」

あんなハイブランドで、アクセサリーを一から作らせるって……。

「あとで、制作中のドレスのデザイン画を千尋様の端末に送りますから。それを参考にジュエリーデザイナーと打ち合わせてくださいね」

ごく当たり前のことのように言って、夏来さんは私の髪を軽く整えてくれた。

……服じゃなく、靴でもなく、アクセサリーをオーダーメイド……。

感覚が違いすぎる。私は初めて、この先の生活が不安になった。

4

土日に瑠依が引っ越してきた。

部屋に鍵を付けてほしいと言われてそうしたが――あいつは警戒心が強いくせに、基本的なところが抜けている。鍵を俺に手配させたら、合鍵も簡単に作れてしまうことに気づいていない。

それを指摘したりはしないが、念の為、合鍵は作った。

瑠依との生活は、思ったより落ち着いていた。朝食と夕食はできるだけ一緒に取るようにして、俺は会社に行き、瑠依はエステに通いつつ夏来達に作法やマナーを習っている。

一応契約主としてその日にあったことは、夕食のあとにリビングで報告を受け、十時前後にはそれぞれ風呂に入って自室で寝る。

そんな共同生活を始めて、そろそろ一ヶ月という頃――

「社長」

第一秘書の鳴沢拓実(なるさわたくみ)が声をかけてきた。ノンフレームの眼鏡を軽く直しながら、更に続ける。

オールバックに整えた髪型と冷静そうに見える眼鏡の組み合わせは、こいつの場合コスプレである。『秘書らしく見えるように』と、形から入った結果だ。当然、眼鏡も伊達。

「今週末ですが、例の方々の晩餐会へご夫婦での出席をお願いいたします」

「……それは親父が出ればいいだろ」

瑠依にはまだ荷が重い。他ならまだしも例の方々となると難易度は格段に跳ね上がる。

「社長がご結婚されたことを聞きつけたのでしょう。ご夫妻宛に招待状が届いています」

「——日時と場所は？」

「土曜日、十七時から。ホテル・オフィーリアの観桜の間です」

鳴沢は無表情で言った。

「……規模は？」

俺が溜息を堪えて問うと、予想どおりの答えが返ってきた。

「同伴者を含め、百人から百二十人前後ではないかと」

舌打ちしたくなった。例の方々——珈櫻会の最大規模に近い。

「……晩餐会となると、瑠依はローブデコルテか。まだ仕上がってないだろうな……」

「この際、訪問着になさいますか」

第一秘書を務める鳴沢は、幼馴染でもあるから八雲家の事情には精通している。

亡くなった母の着物はそのまま残っているから、そこから選ばせるというのは、一理ある。……が、着慣れない和装でパーティーに出るのは尚更難しいだろう。

「夏来に連絡して、急いでドレスを一着仕上げさせろ」

「間に合いますか?」

「採寸から一ヶ月は経ってる。大丈夫だろ」

俺は、ドレスに合わせたスーツを選べば済む。

「一度瑠依を行かせるから、アクセサリー類もまとめて試着するようにと言っとけ」

「はい」

珈櫻会とは、いわゆる『特権階級だった方々』の会だ。面倒なことに、八雲家も更科家――母の実家もそこに属しているので、招待されれば断れない。まして、珈櫻会には他社の会長や次期会長、社長も出席するから、どこでどんな商談が始まるかわからない。

それもあって、珈櫻会主催のパーティーへの出席は必須だった。

「瑠依には言っておく」

「はい」

鳴沢が秘書室に下がるのを見送って、俺は深く息を吐いた。

――珈櫻会のパーティーで、何も起こらないことを願うばかりだ。

ずっと瑠依に付いていてやれない罪悪感が、ずしりと重かった。

その晩、早速瑠依に土曜日のことを伝えた。

「……珈櫻会（かおうかい）の晩餐会（ばんさんかい）、ですか？」

晩餐会（ばんさんかい）……と、瑠依は絶望と困惑が混ざった顔をしたあと、ふっと息を吐いた。

「……じゃあ、それまでに芹香さん達のとこに行ってお手入れして、夏来さん達に色々選んでもらわないといけませんね。あ、メモ取りますからちょっと待ってください」

「急いでドレスを仕上げなきゃならないから、夏来のところには明日、なるべく早い時間に行ってくれると助かる」

服やアクセサリーの直しがあるかもしれないから、一日でも早い方がいい。

「ドレスが決まったら、俺に写真を送ってくれ。それに合わせたディナージャケットを用意する。夏来に、俺の方は適当に手配するから、おまえの用意に集中しろって伝えとけ」

「はい」

瑠依は素直に頷いた。特に緊張したり、気負った様子もなく、俺の言ったことをメモしている。

「ついでに、簡単な社交術を教えてもらっておくといい」

「食事のマナーは？　正直、あまり自信がありません」

「俺がサポートする。心配するな、おまえの作法は問題ない」

——問題は珈櫻会（かおうかい）のババア共だ。

魑魅魍魎（ちみもうりょう）のような、あの特権意識の強い連中にどう対処するか。

「千尋さん」

知らず、眉間に皺を寄せていた俺は、瑠依の声でハッと我に返った。

「私は大丈夫ですから」

「……珈櫻会は、親父でも嫌がるくらいだぞ」

それでも、嫌なら出なくていいとは言ってやれない。そのジレンマに苛立つ俺に、瑠依は笑った。

「千尋さんは、ほんとに過保護です」

「おまえを心配しているだけだ」

――傷つけたくない。そう思う。

瑠依が困ったように、そして、少しだけ嬉しそうに微笑んだ。

「それを過保護って言うんですよ、千尋さん」

やわらかく落ち着いた声が、耳に心地よかった。

＊＊＊＊

千尋さんに言われたとおり、翌朝一番で夏来さんに連絡したら、すぐに芹香さん達のところに行くように指示された。珈櫻会主催のパーティーは、絶対に失敗できないらしい。

そんなわけで、今、私は芹香さんにお手入れしてもらっている。

「――お肌の調子はよろしいですね。つやつやです。ふふふ」

私の肌の調子を確かめて、芹香さんは満足げに笑った。

……ええ、毎日浴びるように化粧水を使ってますから。

「元々肌理（きめ）の細（こま）かい綺麗なお肌でしたが、問題の乾燥もずいぶん改善されましたね。自然な透明感も出てますし」

背中を丁寧にマッサージしながら、芹香さんが合格点をくれた。パックの準備をしている由真さんは私の手を取り爪を確認している。

「ネイルはドレスが決まってからにしましょう。デザインがわかったら、いらしてくださいね」

「はい」

「脚も腕も問題ありません。――ちょっと失礼します」

そう言って、芹香さんは私のデコルテと、首のラインを入念にチェックする。

「うん、綺麗なラインです。どんなデザインのドレスでも大丈夫ですよ。……ローブデコルテを着こなすにはある程度胸がないといけませんが、その点はまったく問題ありませんから」

「け、結構気にしてるんですけど！」

「ないよりはある方がいいじゃないですか」

私の密かな悩みを笑い飛ばして、芹香さんは仕上げにいい香りのオイルを丁寧に塗り込んでくれた。


エステのあと、私は外観担当チームのもとへ行った。

ビルに入るとすぐに、夏来さんと牧村さんにフィッティングルームへと連れて行かれる。二人が見立ててくれたのは、乙女色という薄いピンクのシルクのローブデコルテ。体の線がはっきり出るデザインに戸惑っていると、「ドレスとはそういうものです」と夏来さんに言い切られた。

ドレスに合わせるアクセサリーは、大粒の真珠と同じ大きさのピンクのファンシーダイヤをいくつも繋いだ華やかなネックレス。そして、オールドローズのピンヒールとクロコダイルの小さな黒いバッグを合わせる。……値段は絶対に考えない。考えたら動けなくなる。

私は、試着した姿を写真に撮ってもらい、それを千尋さんに送ろうとする。

「千尋様には、あまり目立たないよう、黒でお願いしますと伝えてください」

夏来さんの言葉に頷いて、私は『千尋さんは黒で、だそうです』と付け加えた。

「ドレスのお直しはありませんので、あとで牧村にパーティー用のメイクを教えてもらってくださいな」

「はい。それから、千尋さんが、簡単に社交術を習っておけと……」

「そうですねえ……相手は珈櫻会ですものね……」

夏来さんが頬に手を当て、苦い笑みを浮かべた。

「えっと……どういった方々なのでしょう？」

「珈櫻会は、いわゆる旧華族――その中でも、トップクラスのお家柄の方々が集まる会です」

……そんなところに、生粋の庶民の私が行っていいのかと不安が増してくる。

「問題ございません。八雲家は珈櫻会の会員ですので、当主とその妻、直系の子女、更には次期当主とその妻は、無条件で会員になります」

すらすらと説明してくれた夏来さんだが、何故か私に同情の視線を向けている。

「私共はもちろん、出席したことはありませんが……色々な噂を聞くだけで……」

「い、いじめられます？」

「立場のある方々ですので、露骨なことはなさいません。――目に見えるようなことは」

……言い方変えてるけど、それってつまり、陰湿ってことですよね!?

私は、縋るような気持ちで夏来さんに聞いた。

「ど、どうしたら千尋さんの迷惑にならずにすみますか？」

「瑠依様は初めての出席ですし、千尋様にくっついていらっしゃればよろしいかと。妻をフォローするのも夫の務めです」

「でも、ずっとくっついてるわけにはいかないですよね？　お仕事の話もあると聞いてますし」

私の言葉に、夏来さんが頷いた。仕事絡みの話をするなら、部外者がいてはいけない。

「その場合は、相手の話をよく聞いて、きちんと相槌を打つようにしてください。会話の基本です。これで大抵は問題ありませんが……もし、言葉遊びを仕掛けられた場合は――」

夏来さんが、意味深に言葉を切った。

「どうか、かわし切ってください。瑠依様のお言葉を都合よく解釈して、八雲家からの支援を取り付けたことにされたりしますから」

「か、かわし方は!?」

八雲グループに勤める数十万の社員と家族の命運を私に背負わせないでください！

「……ご健闘をお祈りします」

晩餐会なんて初めてなのに、何という高度なミッションを課すのだ。

……いくら契約の一環でも、さすがに泣きたい。

私は着替えて、とぼとぼと帰路についた。

――自分を甘やかそう、そうしよう。今の私は、心に癒しが必要だった。

千尋さんのマンションの、私の部屋。ふかふかのベッドに座って電話をかけた相手は、祖母だった。

『――瑠依ちゃん？』

私が心から甘えて愚痴を零せるのは、祖母しかいない。

「おばあちゃん、元気だった？」

『元気だよ。リハビリも順調でね、もう杖がなくても歩けるようになったよ』

「そうなの？　よかった」

『アソ……アソシエイトさん？　だったかね、その人もよくしてくれてるよ。最初は、食事も部屋まで運んでくれたけど、最近は、他の入居者さんと交流をしましょうって提案してくれてね。レストランで食べるようにしてるんだよ』

祖母は嬉しそうに話してくれる。よかった、いいところなんだ。

「ホームには、もう慣れた？」

『あたしにはもったいないくらい、いいところだよ。それに、千尋さんが毎日連絡をくれてね』

……え、千尋さんが、毎日おばあちゃんに連絡？

『不便はありませんか、体調はどうですか、って……心配性だって言ったら、瑠依ちゃんの祖母なら自分の祖母だからって』

……知らなかった。忙しい人なのに、そんなことをしてくれていたなんて……

何だか、胸がじんわりと温かくなる。

『瑠依ちゃんの様子も知らせてくれてね。――昨日は、鱈の竜田揚げを焦がしちゃったんだって？』

「……そんなことまで!?」

思わず呻いた私に、祖母はころころと笑った。そして、優しく尋ねてくる。

『――瑠依ちゃんは、何かあったのかい？』

「……うん。ほら、千尋さん、セレブでしょ？　今度ね、そういう人達とのお付き合いの場があるの」

だから叱咤激励されたいというか、不安を零して甘えたいというか、複雑な気持ちなのだ。

『嫁と姑の問題かい？』

「お義母さまはもう亡くなっているから、嫁と、夫の親戚の問題……かなあ」

『それは、どこにお嫁にいってもある問題だからねえ……』

「……でも、失敗したら千尋さんに迷惑かけちゃうの。だから怖くて」

祖母には、素直に弱音を吐ける。私は、祖母に対してはかなりの甘ったれだ。

「セレブな奥様達と気の利いた会話なんてできないよ……」

力なく呟いた私に、祖母の穏やかな声が聞こえてくる。

『瑠依ちゃんはいい子だよ。でも、それを初対面の人にすぐわかってもらうのは難しい。それと同じで、向こうさんのいいところに瑠依ちゃんがすぐ気づくのも難しい』

「……相手の、いいところ？」

『千尋さんがそうだろ？　千尋さんは、あたしをこんないいところに、ポンと入れてくれるくらいすごい人だけど、瑠依ちゃんを大切に想ってくれる、いい人じゃないかね？』

「……うん。いい人だよ。優しいし――だから結婚したんだもの」

私はたぶん、千尋さんのことが結構好きだ。

恋とか、そういうんじゃないけど、人としてすごく好きだと思う。

『だからね、初めて会う相手に、そんなに構えることはないんだよ。最初から気に入られなくても、気に入らなくてもいいんだよ、瑠依ちゃん』

「うん。……ありがと、おばあちゃん。私、頑張ってみる」

ドレスもアクセサリーも、気が重いけど――それが必要なら、受け入れるしかない。

珈櫻会(かおうかい)の人達がどんな考えを持っているのか、私にはわからないけど……先入観は捨てることにした。

『……それで……その、瑠依ちゃん』

躊躇（ためら）いがちに、祖母が問いかけてきた。

『……ちゃんと、幸せかい？』

「……うん。幸せだよ」

私が答えると、祖母がほっとしたように息を吐いた。両親の離婚のせいで、私は誰かを好きになれないと思われていたから、心配だったのかもしれない。

「お父さんとお母さんのことも――今なら、何となくわかるの。夫婦にも色々あるんだな、って」

父の祖母への仕打ちは、今も許せないし、これからも許すことはない。

でも、父と母の『夫婦』のあり方については、私が決めることじゃない。無理をして一緒にいても、幸せにはなれない。

――私は、千尋さんと一緒にいることに、無理はしていない。

それは、彼が私を大事にしてくれているのが伝わるから。

一緒にいて安心だと、わかっているから。

……そんな彼の為に、私は私にできることを精一杯頑張ろう。

少しでも千尋さんの役に立てるように、たとえ契約上の妻でも、結婚してよかったと思ってもらえるように。

そう思いながら、祖母に近いうちに面会に行く約束をして、電話を切った。

＊＊＊＊

珈櫻会主催の晩餐会は、クソ面倒だ。

何せ、着席して食事だけ――というわけにはいかない。その前に『談笑』がある。

夏来達にドレスアップされた瑠依を連れて、ウェイティングルームに入ると――周囲の視線が俺達に集中するのを感じた。

俺は無難に黒でまとめたが、瑠依は淡い桜色を纏っている。肌が美しいだけでなく、若さがなければ着られない色だけに、年配のご婦人方が吟味するように瑠依を見ていた。

「ごきげんよう、八雲様」

すいっと一団を代表するように話しかけてきたのは、桐生家の当主夫人――珈櫻会の女性陣のまとめ役だ。昨年古希を迎えた桐生夫人は、外見は還暦に見えるくらいには若い。グレイヘアと呼ばれる髪色が優しげな雰囲気を作っているが、珈櫻会の誰よりも階級意識が強い女性だ。

「これは、桐生夫人。今日のお着物は紫陽花ですか。よくお似合いですね」

「まあ、こんなおばあちゃんを褒めてくださるなんて、あなたくらいのものですよ」

　そう言って微笑む桐生夫人の目は、笑っていない。

「その帯と帯留めを着こなすには、相応の気品がないと難しいでしょう」

「あら。いつからそんなにお口が上手になったのかしら」

　気をよくしたのか、桐生夫人の顔に満足そうな笑みが浮かぶ。そのタイミングを見計らって、俺は瑠依を紹介した。

「妻の瑠依です。まだ披露目(ひろめ)はしていないのですが、この機会にご紹介させてください」

「瑠依と申します」

　不束者(ふつつかもの)ですが、だの、よしなにお願いいたします、だの——そういった挨拶(あいさつ)は、この時点ではしなくていいと言ってある。どこで揚げ足を取られるかわからないからだ。

「お可愛らしい方ね。おいくつ?」

「二十三になります」

　瑠依への質問に俺が答えると、桐生夫人は笑みを深めた。瑠依がこういう場に慣れていないことを察したようだ。手の内を晒(さら)すのは癪(しゃく)だが、隠し通せるものでもないので仕方ない。

「本当にお若いのね」

　言いながら、桐生夫人は瑠依をしっかりと品定めしている。衣装はもちろん、化粧、香水、アクセサリーや、それらがこの場にふさわしいかどうかも含めて。

「――そういえば、主人が八雲様とお話ししたいことがあると申しておりましたの。スモーキングスペースにいると思いますから、声をかけてやってくださる？」

桐生夫人の言葉を合図に、後ろにいた女性陣が笑顔で頷きながら近づいて――要は俺を追い出しにかかってきた。それがわかっているのに、この場では打つ手がない。

「瑠依。珈櫻会の皆様に色々と教えてもらいなさい。わからないことは、桐生夫人に伺うように」

「はい」

全員に聞こえるように、『瑠依の保護役は桐生夫人だ』と宣言する。

俺を瑠依から遠ざけるのだから、桐生夫人には俺の代わりに保護者を務めてもらう。

「桐生の奥様、よろしくお願いいたします」

俺の隣で、瑠依が素直に頭を下げる。不安だろうに、それを顔に出さない瑠依が心配だった。

「ええ、わからないことは何でも聞いてくださいね」

穏やかに微笑んでみせる桐生夫人に、瑠依がすかさず質問する。

「それでは、あの……早速なのですけれど」

「あら、何かしら」

すっと細めた目で、桐生夫人が瑠依を見つめた。

臆することなく夫人に微笑みかける瑠依に驚く。

「皆様のお召しものが、どれもとても素敵で……よろしければ、どちらで誂えられたのか、教えていただけないでしょうか」

「お着物かしら、それともドレス？」

「どちらも。――いえ、やっぱりお着物から。私には、お着物と帯の合わせ方が難しくて」

瑠依が言い終わる前に、桐生夫人の顔がぱっと輝いた。

さすがは女性、衣装の話には食いつきがいい。そして、そうした話題をきちんと選んだ瑠依に、感心する。初めて参加するパーティーだが、瑠依は俺が心配するほどは、緊張していないようだ。

そのことにほっとする。

「でも、お若い瑠依さんに、私達のようなおばあちゃんの合わせ方が参考になるかしら」

「参考なんて、そんな、とても私には真似できません。ただ、皆様が少し外していらっしゃるのが、とてもお洒落に感じて……」

食いつきはしたものの、獲物をどうするか決めかねていたらしい桐生夫人は、瑠依の言葉に破顔した。

あれは、本心からの笑みだ。この短時間で、ごく自然に桐生夫人の笑顔を引き出した瑠依に、驚愕する――こんなこと、俺にも親父にもできない。

「まあ、瑠依さん、おわかりになる？　そうなの、形式を守るのもいいけれど、少しだけ外すのも素敵でしょう？　でも、こういう場ですから、外しすぎてはいけないのよ」

「はい。私はその外し方がわからなくて、夫に聞いてしまうんです……だから、いつか驚かせたくて」

そんなことは聞かれたことも答えたこともないが、瑠依はにこにこと教えを請うている。

「そういうことなら、ねえ、皆様。私達で瑠依さんにとっておきの外し方を教えてあげて、八雲様を驚かせましょう」

「お着物だけでなく、ドレスもね。まだお若いのだし、これから夏ですもの。適度に肌を見せるのが大人の女よ」

きゃっきゃと楽しそうに盛り上がり始めた夫人達を見て、俺は瑠依に合図してその場を離れた。

何かあればすぐ連絡しろとは言ってあるが——あの様子ならきっと大丈夫だろう。

とはいえ、心配なのは変わらない。

俺は後ろ髪を引かれながら、スモーキングスペースへ向かった。

面倒だが、俺は俺であちこちに顔繋ぎをしなくてはならない。どこで仕事に繋がるかわからない以上、瑠依が心配でも、ずっと傍にいてやれないのが珈櫻会だった。

──一通りの挨拶を終えて、俺が足早にウェイティングルームに戻ると……

「待って、待って、瑠依ちゃん。本当に？」

「ええ。誓って本当です」

瑠依がさっきより多くの女性達に囲まれていた。……まさか、絡まれている？

焦って瑠依のもとへ近づくと──どうも想像と様子が違っていた。

「瑠依ちゃん。私達がおばあちゃんだと思って、からかってらっしゃる？」

「……私、嘘をついているように見えますか」

「違うの、そうではないのよ。ただ、私、驚いてしまったから」

「綾乃様、瑠依ちゃんをいじめないでくださいな。私が八雲様に叱られてしまうわ」

「そんなつもりでは……ごめんなさい、瑠依ちゃん。ね、ご機嫌を直して？」

桐生夫人、御堂夫人といった珈櫻会における女性陣の重役が、瑠依の機嫌を取ろうと必死だ。

……一体、何がどうなってる？

「……瑠依？」

「あ、千尋さん」

俺の声に振り返った瑠依は、至って落ち着いて見えた。というか、笑顔だ。

「……桐生夫人。妻が何か失礼を？」

「いいえ、まさか」

「ですが、御堂夫人に……」

視線を向けると、当の御堂夫人が焦った様子で訂正してくる。

「本当に違うのよ、八雲様。瑠依ちゃんは何も悪くないの」

桐生夫人も御堂夫人も、揃って『瑠依は悪くない』と言う。すると、婦人方に周りを固められている瑠依が、小さく呟いた。

「──敢えて言うなら、悪いのは千尋さんかと」

「そう！　そうよね、瑠依ちゃん！」

「ええ、八雲様がお悪いわ、ねえ皆様！」

御堂夫人の言葉に、他の女性陣も一斉に頷く。

……どうして俺が悪いんだ？

「結婚して一ヶ月も経つのに、妻を旅行どころか、遊びにも連れて行っていないなんて」

「八雲様。瑠依ちゃんが若いからって、蔑ろにしていいわけはなくってよ」

「お忙しくて旅行が無理でも、せめてお買い物くらい連れて行ってあげなくては」

桐生夫人、御堂夫人、そして栗花落夫人といった名だたる家の夫人達が、瑠依をもっと甘やかせと俺を囲んで責め始めた。

　しばらくして、桐生夫人が瑠依の背を押して女性陣の輪から離れる。そして、悪戯っぽく笑いながら、俺の手に瑠依の手をのせた。

「ごめんなさいね、八雲様。瑠依ちゃんがとても可愛いから、私達、意地悪する気になれないの。だから代わりに、ご主人がいじめられてくださいな」

「……瑠依が、可愛い、ですか?」

「あら！　瑠依ちゃんが可愛くないとおっしゃるの?」

　ギラッと目を光らせた夫人へ、俺は即座に首を横に振った。

　桐生夫人は瑠依に優しく声をかけている。

「瑠依ちゃん、八雲様が遊びに連れて行ってくれないなら、その時は私に連絡してね。一緒に遊びに行きましょう」

「まだ勉強中の身なのですけれど……それでもよろしいですか?」

「ええ、もちろん。瑠依ちゃんさえよければ、お勉強も私達が教えてあげるわ」

「ありがとうございます、桐生の奥様」

　瑠依が嬉しそうに笑うと、桐生夫人の顔に可愛くて仕方ないといった微笑みが浮かんだ。

　……誰だ、この人のいい優しげなオバサンは。俺の知っている『桐生恭子』じゃないぞ。

「瑠依ちゃん。私のことは『おばさま』でいいのよ」

「恭子様、ずるいですわ、抜け駆けなさるなんて。瑠依ちゃん、私もそう呼んでほしいわ」

「はい、恭子おばさま、綾乃おばさま」

桐生夫人と御堂夫人は、満足そうに微笑む。俺は、好意的な視線を向けてくる女性陣に会釈して、瑠依をエスコートしつつ会場に向かった。その途中、小声で疑問を口にする。

「……おまえ、どうやってあのご夫人方を誑し込んだ？」

「人聞きが悪いですよ」

そう言うが、あのプライドの高い夫人方が、一般家庭出身の瑠依をあんなに気に入るとは。

「私、最初に服の話をしたでしょう、着物や帯のこと」

「ああ」

「それで、着物の話は主に京都だったから何となくわかったんですけど、ドレスのお店になるとほとんどパリとかミラノとか外国のお店で……。嘘をついても仕方ないから、正直に、行ったことがないのでわかりませんって言ったら……」

――まあ、八雲様は、あなたをどこにも連れて行ってないの!?

――なんてこと！　それでは自由にお買い物もできないわ。

――瑠依ちゃんが何も知らないからって、ひどいわ。私なら夫と大喧嘩、いえ離婚よ。

「……と、恐ろしく盛り上がってしまいまして。その流れ上、千尋さんが悪者に。……

まさか、本当にドラマと同じお約束な展開になるとは思いませんでした」

「……まあ、おまえが気に入られたなら、俺が悪者になるのは別に構わないが……」

「おばさま方が私を気に入ってくれたのは、たぶん、私が上流階級に全然繋(つな)がりがないからです」

俺が意味をわかりかねていると、瑠依は苦笑した。

「私に何を話しても、ご主人はもちろん、ご実家や知り合いの耳に届くことはありません。千尋さんには伝わったとしても、千尋さんは告げ口したりしないでしょう。信用問題だもの。だから、おばさま方は、私になら安心して婚家やご主人のこと、お嫁さんや義理の息子の愚痴(ぐち)を話せるんです」

——女性は、愚痴(ぐち)を零(こぼ)せる無害な相手には、わりと優しいんですよ。

瑠依は何でもないことのように言うが……

彼女達が瑠依を気に入ったのは、瑠依本人の資質に他ならないと思う。

瑠依は素直で裏表がないし、自分の利益の為に人に媚(こ)びたりもしない。それに、庇護(ひご)欲をそそるのに、決して甘えない。だから余計に可愛く思うのではないか——そう分析して、苦笑した。

それはまるで、俺自身の心情だ。

「私、ちゃんとできましたか？」

「ああ。百二十点の出来だ」

心から言って笑うと、瑠依も安心したように微笑んだ。

——その笑顔を、素直に可愛いと思った。

＊＊＊＊

帰宅して入浴を済ませた頃には、日付が変わっていた。

私はある決意を固めて、リビングに足を踏み入れる。

「瑠依。何か飲むか」

キッチンにいた千尋さんが、湯上がりの私に気づいて声をかけてくれた。

俺様なくせに、こういう気遣いを当たり前にしてくるからこの人はずるいと思う。

一瞬身を硬くした私は、ゆっくりと息を吐いて、リビングルームに敷かれたラグの上に正座した。

「……何してる?」

「お話があります」

思い切ってそう言った私に、千尋さんは不思議そうな顔をしながら、グラスに注いだ桃のフレッシュジュースを持ってきてくれた。リビングのテーブルにグラスを置いて、彼はソファーではなく私の向かいに胡坐(あぐら)をかいて座った。

「話って？」

千尋さんは、私に先を促(うなが)してくる。

「……私と千尋さんは、契約だけど夫婦ですよね。そこに、夫婦の実生活は必要ですか？」

意を決して切り出すと、何でもないことのように返される。

「実際、こうして一緒に暮らしてるだろう」

「そうじゃなくて——本当の夫婦としての、実生活です」

震えそうになるのを必死に堪(こら)えて、私は千尋さんの視線から逃げるみたいに俯(うつむ)いた。

「いきなりどうした」

「……契約内容が、私に有利すぎます。不公平です」

「は？」

何言ってんだこいつという感じの千尋さんに、私はこの契約結婚の不平等さを訴えた。

今日のパーティーで実感した。

私は、私が千尋さんにしてもらったことと、同じだけの何かを彼に返せているのだろうか、と。

「だから、その……千尋さんは以前、他の女性との不貞行為はしないと言っていたので、夫である千尋さんの不都合を解消しつつ、子供を産むのも、妻である私の義務ではないかと」

私は俯いたまま、自分の考えを告げた。これを告げるにはかなりの勇気がいった。

「おまえは馬鹿か。義務でセックスしようとするな。俺はそんなおまえは抱きたくない。——話がそれだけなら、もう寝ろ」

それに、と千尋さんは続けた。

「不幸になる子供は見たくないって言ったのはどうした」

「そ、れは……」

千尋さんなら、ちゃんと子供を愛してくれそうだと感じた。父親にきちんと愛されるなら、その子は幸せだと思う。そう言ったら、軽く頭を小突かれた。

「馬鹿か。両親揃ってるのに、母親に無視される子供が幸せなわけないだろ。少なくとも俺は、自分の子供にそんな思いはさせたくない。いいからおまえは考え込まずにもう寝ろ。パーティーで疲れてんだろ」

だから思考回路がおかしくなっているんだと言って、千尋さんは今度は私の頭をぽんと撫でた。

私は顔を上げ、彼の手をぎゅっと胸元に抱き込む。

「瑠依。手を離せ。——色々当たってる」

当ててるんですとは、さすがに言えなくて、私は一気に思いの丈を口にした。

「契約結婚なのに、千尋さんは私にすごくよくしてくれました。祖母に挨拶してくれたり、毎日電話して安心させてくれたり。……本当なら、そんなことしなくていいはずなのに、私の負担が少ないようにフォローしてくれて……だから、私は……」

「慣れないことをさせる以上、俺がフォローするのは当然だし、俺はおまえに嫌な思いはさせたくない。契約だからって、無理に俺に抱かれる必要はないんだ」

駄々をこねる子供をあやすみたいに……千尋さんの声が優しく響く。

「……どうしてそんなに優しくするんですか。私達、契約結婚なのに」

千尋さんの配慮は、契約の履行に必要だからという範囲を超えている気がする。

なら、私も千尋さんの為に何か——それこそお義父さまが言った『孫の顔を見たい』を叶える為に努力するべきではないか。

再び俯いた私に、千尋さんは静かに笑った。

「……おまえは、つくづく、馬鹿だよなあ……」

「な、何ですか、私は真面目に考えて」

「そんなことを真面目に考えるから、馬鹿なんだよ」

千尋さんは、するりと私の胸元から腕を抜くと、そのままその手で私の頬に触れた。

長くて綺麗な指をした、大きくて温かい男の人の手。

「契約だから優しいって場合もあるだろ？　何の感情も持ってないから優しくできるっ

て、考えないのか」

「……っ」

じわりと、瞳が潤む。次の瞬間、広い胸に抱き締められていた。微かなアルコールの匂いとボディソープの香りが私を優しく包み込む。

「……でも俺は、意識しておまえに優しくしてるわけじゃない」

今まで聞いた中で一番優しい声で、千尋さんは笑った。

「俺はおまえが嫌いじゃない。それに、可愛いとも思っている。だから、傷ついてほしくないし、俺にできることは何でもしてやりたいと思ってるだけだ」

——こんな頼りない体で無理して強がるなと、やわらかな声で窘められた。

「千尋、さん」

「まったく、覚悟もないのに男を誘うな。隠してるつもりだろうけど、震えてるのがバレバレだ」

「……」

なら、教えてほしい。私は一体どうしたらいいのか。

千尋さんの為に何かしたい。

何でもいいから、この人の為に私にできることが知りたい。

「……もしまだ、何か馬鹿なこと考えてるなら、この際全部言ってみろ。聞いてやるから」

私を抱き締めたまま、千尋さんは溜息まじりに笑った。吐息が私の髪に触れ、甘やかすように優しくくすぐる。

「……確かめたいです」

「何を？」

「私が……恋愛不感症なのか――」

言い終わる前に、千尋さんの唇が私のそれを塞いだ。

反射的に体を硬くしたら、宥めるように大きな手で背中を撫でられ――ゆっくりと唇が離れた。

「ち、ひろさん」

「おまえは恋愛不感症じゃない。人間不信で恋愛不信なだけだ」

やわらかな言葉と同時に、触れるだけ、重ねるだけのキスが繰り返される。

千尋さんは私を緩く抱き締めているだけ。私にはまだ、逃げる余地が残されている。

――だけど、逃げる気はなかった。

「……ん……っ」

少し深くなったキスに息苦しさを感じたけれど、やめてほしいとは思わない。

「千尋さん」

息継ぎの合間に、私は千尋さんを呼んだ。繰り返されていたキスが止まる。

「──不感症が、そんな顔するかよ」

千尋さんは困ったように笑って、私の髪を優しく撫でた。

「そんな顔って……？」

「甘ったるい女の顔」

そう言った彼の唇が、また私のそれに重ねられる。

「……変ですか？」

不安になって聞いてみたら、すぐにキスされた。千尋さんの唇は、少し冷たくて気持ちいい。

それに、彼にキスされるのは、嫌じゃなかった──というより、好きみたい。

「……っとに、恋愛不信はガチだなおまえ」

「え」

「顔はとっくに甘ったるいのに、体はガチガチに緊張したままだ」

それは、だって──誰かに、抱き締められたことなんかないから。

こんな風に全身で、包むように守られたことなんかないんだもの。

「瑠依」

千尋さんは、私を抱き締めていた腕を離した。離れたぬくもりが、何だか淋しい。

「さっきから、俺の理性はかなり限界なんだ。おまえの恋愛不信は何とかしてやりたいが、おまえが可愛いから行動に移りたくなる」

「私、いいって言いましたよね？」

千尋さんが望むなら行動に移ってもいいと言った私に、彼は呆れながらも鋭い視線で問いかけてくる。

「あっさり受け入れるな。恋愛不信のくせに経験豊富とでも言う気か」

「未経験です。でも、千尋さんとなら……って気になってます」

というか、千尋さん以外とは――想像しただけで嫌だ。

「瑠依？」

「だって、千尋さんはいつも私を大切にしてくれるから。だから私は、千尋さんを信じてるし……私にできることなら、何でもしたいって思ったんです」

今までずっと、私の意思を優先してくれた。契約と言いながら、大事にされた記憶しかない。

「……そこまで言われたら、さすがに俺は据え膳食うぞ」

「大丈夫です。……たぶん」

「どうなっても知らないからな」

「私の恋愛不信を何とかしてくれるんでしょう？」

そう言った途端、私は抱き上げられソファーに押し倒された。

今までより少しだけ乱暴なキスをされる。

押し倒されたソファーは十分広い。けれど、やっぱりリビングで、というのは躊躇われる。

「あの」

「……何だ」

思い切って千尋さんを呼んだ。間近から私を覗き込む彼の瞳が、熱を孕んだように濡れている。

……どうして、男の人なのにこんなに色気があるんだろう……

「ベッド……が、いいです」

「どっちの」

「え？　どっちでもい……わ、私の部屋！」

どっちでもいいと言いかけて、慌てて言い直した。思えば、千尋さんの部屋には入ったことがない。だからちょっと怖かった。

「わかった」

一言答えて、千尋さんが私を抱き上げた。反射的にしがみつく。

明らかに私とは違う、筋肉質な硬い体にどきりとする。

……男の人、なんだ。

やっぱり怖い、だけど離れたくない。矛盾する気持ちを持て余して、私は千尋さんの広い胸にぎゅっと顔を埋めた。湯上がりの体は温かく、いい香りがする。

「……瑠依」

「はい」

「……あんまりくっつくな。俺の理性がもたない」

「え、だって、これから……その……だから、理性とかは別にいいのでは……?」

経験はないものの、理性的なセックスというのは聞いたことがない。

頭の中が疑問符だらけの私に溜息をついて、千尋さんは私の部屋のドアを片手で開ける。

私をそっとベッドに下ろし、一度部屋を出て行く。すぐに戻って来た彼はサイドテーブルに何かを置いて、そのままゆっくり覆いかぶさってきた。そして、キスを再開する。

「おまえ、初めてだろ。あまり無理をさせたくない」

千尋さんのその気遣いに、別のことを考えてしまい、何だか悔しくなる。

「……そこは気にしないでください」

「瑠依?」

「千尋さんが経験豊富なのは、わかってるけど……わかりたくない」

——やだな、もう。こんな子供みたいなこと言いたくなかったのに。

私は居たたまれなくなって、両手で顔を覆った。

「……瑠依」

聞いたことがないくらい甘い声が、私の耳に注がれる。

「おまえ、俺以外の男にそういうこと言うなよ」

そう言いながら腕を絡め取って——千尋さんは、私の首筋に口づけた。

触れられたことのない場所にキスされて、ぞくっと体が震える。

「何……？」

「わからなくていい。今は、俺だけに集中してろ」

他は考えるなと言われる。問い返そうとした私の声は、千尋さんの口内に溶けた。

＊＊＊＊

キスを重ねながら、瑠依の着ているナイトウェアの前を開き、肌を露わにした。

白くてなめらかな肌が現れ息を呑む。更に予想外というか予想以上だったのは——

この体は反則だろう。

全体的に細身なのに、形のいい豊かな胸が深い谷間を作っている。ウエストは綺麗にくびれ、腰にかけて女らしい優美な曲線を描いている。そこから伸びた脚は、しなやかで長い。

俺は二つの膨らみに手を伸ばし、その感触を確かめた。やわらかく張りのある乳房は、俺の手に余るほどの大きさだ。

「……っ」

瑠依が両手で口を押さえ、声が漏れないようにしている。

微かに上気した肌から、甘い匂いが立ち昇ってくるようだ。

「……体に、何か塗ってるのか?」

「ク、クリームだかバターだかを」

「食われる前提の名前だな」

ふっと笑うと、瑠依の顔が真っ赤になった。

瑠依の乳房を両手で掴み、やわやわと揉み上げる。ひたすらにやわらかく、弾力がある。

乳房の先が硬く尖って色づいてきたが、そこには触れず、全体をゆっくり愛撫した。

指と手のひらを使って乳房を刺激し、時折口づける。

そのうちに瑠依の体から少しずつ力が抜けてきた。だが、口元を覆う手は一向に外れない。

「瑠依」

戸惑うように俺を見つめる瑠依の目に、微かな艶を感じる。

「手を離せ。キスができない」

そう言って、手の甲にキスをした。

大きな目が零れそうに見開かれた隙に、彼女の手を外して深くキスをした。

ついでに、半端に肌を隠しているナイトウェアをすべて剥ぎ取る。

現れた白くて細い首筋に口づけ、指先で耳の後ろを撫でた。

瑠依の唇から小さな喘ぎ声が漏れる。

「……ん……っ」

「感じるなら、そう言えよ」

「……そこは、察してくださ……っ」

それは俺に主導権を明け渡す発言だが、……わかってないだろうな。

俺は瑠依の鎖骨に舌を這わせる。軽く歯を立てると瑠依の体が跳ね、乳房が揺れた。

――瑠依の体は目に毒だ。

乳房の先端は、赤く熟れていた。彼女の白い肌に映える、鮮やかな彩りを口に含む。

たちまち瑠依は、悲鳴に似た声を上げた。

唇で食み、舌で舐ると、更に硬く芯を持ち始める。

舌で転がし甘噛みしたら、瑠依は胸を大きく喘がせ呼吸を乱した。

華奢な肢体が熱を帯び、クリームだかバターだかの甘い匂いが強くなる。舌に刺激はないから、口にしても問題ないものなのだろう。

硬く色づいた頂から唇を離し、息を吹きかけながら指先で弾いた。

「……っ、あ……」

反射的に零れた瑠依の声は、明らかに嬌声に近づいている。

「瑠依」

「……、はい……っ」

「もう少し力抜け」

胸を触っただけで、瑠依はもう泣きそうになっていた。

俺は、瑠依の乳房にきつく口づけ、所有の証を残していく。

つい胸ばかり触ってしまうのは、男にはないやわらかさだからというのもあるが、好きだからだ。

ふるりと重たげに揺れる白い膨らみを揉むと、俺の手を押し戻してくる。

「ん……っ」

指を噛んで声を抑えている仕種が、艶っぽい。

赤くなった乳首の周りを嬲るように愛撫したら、瑠依はぎりっと指を噛んだ。

「……っ……」

「声、我慢するな」

「嫌、です。聞き、苦しいっ……」

「可愛いから聞かせろ」

俺は瑠依の乳房の下の方を甘噛みした。

「触ってるだけでセックスになるかよ。目や耳も刺激を拾うんだ」

それに、匂いもか。肌の甘さもだから、舌も。とにかく、俺は五感全部で瑠依を感じたい。

「だから声を我慢するな。気持ちいいならそれも我慢するな。嫌な時は言え」

そう言いながら瑠依の腹部を撫で、何度か唇を落とす。時々きつく吸うと、白い肌に薄紅の痕がついた。くすぐるように臍に触れると、瑠依は素直に声を上げる。

脚を撫でたら、まだ少し強張っている。そう思った俺は、瑠依の背中に手を入れて、背骨に沿って指を這わせた。途端、瑠依の体がびくりと跳ねる。

「背中の方が感じるか？」

「だ、だから……察して……っ」

最後まで言いきれず、瑠依は真っ赤になっている。胸より背中がいいのか、感じやすくなってきたのかわからないが、それは次回にでも確認すればいい。

背中をすうっと撫で上げながら、うなじに触れた。くすぐってみたら、「や」と可愛い啼き方をする。

反応がいちいち俺の好みだ。恋愛不信と言いつつ、反応は甘ったるくてどうしようもなく可愛い。

閉じていた脚を割って体を入れると、瑠依は小さく震えた。

脚の付け根――瑠依の女の部分に指を這わせると、まだそれほど濡れていなかった。が、まったく濡れていないわけでもない。

「どうする？　初めてだしローション……はないから、何か使って濡らすか、しつこく時間かけてヤるか」

「え、まだ時間かかる……？」

指すら挿れてないのに、もう終わると思ってんのか。

「まだ始まってもいない」

俺はそう言って、瑠依の両脚を大きく開いた。

そのまま、しっかり閉じられている花弁をなぞり、暴く。僅かではあるが濡れていたから、やわらかく開いた。

「――……っ！」

花弁を指で何度か撫でたあと、そこに顔を伏せて唇で触れる。

やわやわと食むと、瑠依が濡れた悲鳴を上げた。

「あ、や、っ……！」

唇で花弁を食み、舌で舐める。隠れていた花芽を暴き、唇と舌でくすぐると、瑠依の声がどんどん甘く蕩けていった。

「や、そこ……やっ……！」

「ここが濡れなきゃ、おまえがつらいんだよ」

「でも……っ」

吐息すら刺激になると言うように、瑠依は身を捩って逃げようとする。それを許さず、俺は瑠依の秘花を咲かせることに執心した。

徐々に中から、とろとろと蜜が溢れてくる。ここを花とは、よく言ったものだと感心しながら、俺はわざと音を立てて蜜を啜り上げた。

瑠依が泣きそうな細い声で喘ぐ。

体液を甘いと感じるのは錯覚なのかもしれない。だが、甘いものは甘いのだ。

瑠依の秘花は、さっきまでのバターだかクリームだかの匂いとは比較にならないほど甘く、俺を誘う。

そろそろいいかと、指を差し入れた。だがソコは侵入を拒むように、きゅっと指を締めつけてくる。俺は溢れた蜜を指に絡ませ潤滑油としながら、ゆっくりと根元まで埋めていった。

「……い、たい……です……っ」

「あとで舐めてやるから我慢しろ」

「……や……です……だから……っ」

――確かに、嫌なら言えとは言ったが。

「……悪い。代替案が見つからない」

正確には、俺もかなり思考能力が低下してきている。

早く瑠依の中に入りたい欲求を抑えるのが、難しくなってきた。

相手は処女だ、優しくしろと自ら(みずか)に言い聞かせながら前戯を続ける。だが、これまでこんなに我慢した経験がないから、お預けを食らっている気分だ。

「ひど……」

「ひどいな、そこは謝る」

瑠依の中に挿(い)れた指で内壁を擦ると、襞が蠢(うごめ)いて絡(から)んでくる。慎重に抜き差しを繰り返しているうちに、瑠依の苦鳴に甘さがまじり始めた。

それを確認し、中の指をもう一本増やす。かなり解(ほぐ)れていたから、今度は痛みを訴えることなく、微かな喘(あえ)ぎと共に受け入れた。

「っ……ん……！」

「痛いか？」

「ん……少し……」

できるだけゆっくり指を動かして、瑠依のいいところを探しながら中を解(ほぐ)していく。

ざらついた内襞に、ぷくりと膨らんでいる部分があった。

そこを指の腹で少し強めに押し、同時に赤く膨らんだ花芽を唇で食(は)んだ。

「——っあ、あ、や、……っあ！」

瑠依の体ががくがくと震え、達する寸前のように浅い呼吸を繰り返している。

耳に心地よい嬌声(きょうせい)は、俺の欲望を甘く刺激した。

「ん、や……あ、ぁあっ！」

花芽と中を強弱をつけて攻め続けると、瑠依の全身が桜色に上気していく。

花芽から唇を離し、そこを親指で擦りながら、中指で内部のいいところを押す。すると、瑠依が涙に濡(ぬ)れた瞳で俺を見た。

細い腕が伸ばされ、俺の体を抱き寄せる。

「……や……」

「嫌か？」

……こんなに気持ちよさそうによがってるのに？

「や……です……、ちひろ、さんも……」

「俺？」

「……私、だけ……っん……、じゃ……」

駄目、と舌ったらずにねだる瑠依が堪(たま)らなく可愛い。

だが、俺もそろそろ限界だ——

どうしようもない愛しさは、言葉にならなかった。

温かく絡みついてくる中から指を抜いて、服を脱ぎながらめちゃくちゃにキスをした。縋るように抱きついてくるやわらかい体が、俺から理性を奪っていく。

サイドテーブルに置いた避妊具を取り出すのももどかしい。手早くそれを着けて、濡れそぼった瑠依の花弁の間に、自身を宛がう。

ぐ、と先端を押し込むと、瑠依が目をぎゅっと閉じた。

その瞬間の瑠依の悲鳴は聞きたくなくて、俺は再び瑠依にキスをした。激しく舌を絡め合うキスに瑠依の意識が逸れた瞬間、一気に奥まで沈めた。

「——……！」

固く閉じた目から涙が零れる。それを指で拭った俺は、瑠依の腰を両手で掴んだ。

瑠依の中は、蠱惑的に俺に絡んできつく締めつけてくる。

すぐにでも動きたいが、さすがにそこまで鬼畜ではない。

ひたすら耐えて、瑠依の呼吸が落ち着くのを待つ。しばらく様子を見つつ、俺は彼女の反応を窺い、ゆっくり律動を始めた。たちまち瑠依は甘い声を上げ、身悶える。

「あん、っ……っあ……」

普段は落ち着いた瑠依の声が、甘く乱れる様に興奮する。

角度を変えて、中のいい部分を擦ると、瑠依の口から嬌声が上がった。しかし、瑠依はすぐに自分の手で口を押さえて、声を我慢しようとする。

「だから。声、我慢するな」

俺が律動を速めると、瑠依の唇から堪え切れない声が漏れた。

……こいつ、声だけで俺をイカせる気か。

円を描くように腰をグラインドさせると、瑠依の中が熱く潤んだ。抜き差しする間隔をずらしていくと、呼吸が乱れ、喘ぎ声が激しくなる。

「瑠、依」

気持ちいいかと確かめるまでもなく、瑠依の体が反応している。

俺自身をきつく締めつけて、奥へ奥へと誘ってくる。気を抜くと、すぐに持っていかれそうなほど気持ちよかった。

……体の相性よすぎだろ。

乱れてシーツに散った瑠依の髪を掬い取って、唇を落とした。

瑠依が嫌がるように首を振り、俺の頬を包んで引き寄せる。そのまま唇を重ね、舌を絡め合った。深いキスに慣れていない瑠依が、たどたどしくも俺の舌に応えようとする様が一層俺の欲を煽る。

俺の理性が残っていたのはそこまでだった。

貪るみたいに、瑠依の体に溺れた。最奥を抉るように穿ち、抜いてはまた突いた。

「あ、や……っ、……ん……！」

相手は処女。優しくする——

頭の中に入れていた自分への戒めが、すっかり吹き飛んでしまった。

瑠依の花芽を嬲ると、零れた蜜がシーツを濡らす。揺れる白い乳房を強く吸って、いくつも痕を残した。

互いの乱れた息遣いにすら煽られて、俺は瑠依の秘花を蹂躙する。

——奥深く入りたい。瑠依の、一番深いところに。

瑠依の中の俺自身を角度を変えるようにして捩ると、内襞が俺を逃すまいと絡みつき、きつく締めつける。

最奥を何度も先端で擦ると、瑠依の嬌声は悲鳴に変わった。

「あ、や、あ、っああああ——……っ!!」

瑠依が背中を反らしてイッた瞬間、一際強く俺を絞り上げる。

その圧倒的な快感に逆らえず、俺は被膜越しに瑠依の中へ欲望を注ぎ込んだ。

5

日差しが適度に入る社長室。そこで俺は、モニターに表示されたデータを検分していた。

仕事をしろと鳴沢に催促(さいそく)されるくらいには、俺はだいぶ腑抜(ふぬ)けた顔をしていたらしい。

まだ夫婦として、互いの気持ちを確かめ合ったわけでもないのに、浮かれてどうする。

……それでも、嬉しいものは嬉しい。

「社長。こちらの書類もお願いいたします」

ふっと息を吐いた時、鳴沢がどさっと書類をデスクに置いた。

会長である親父の、『パソコンなんかクラッキングされたら終わりだ』という方針のもと、重要書類を中心にペーパーレス化が進まない。

書類の山を眺めながら溜息をつく。

「急ぎか?」

「急ぎであろうとなかろうと、仕事は迅速に行(おこな)ってください」

「そういえば、駒野(こまの)氏との会談はどうなっている?」

一番上に置かれた『極秘』と書かれた書類を見て、俺は鳴沢に確認する。

ずいぶん前から進めている案件なのだが、その鍵を握る地方の大地主、駒野真誠(まこと)氏との話し合いの場が持てず停滞したままだ。

農地開拓と環境保護の両面から、地方の山や農作地を買い入れ、新たな事業展開を考える――言葉にすれば簡単だが、実際はそう順調ではない。

「のらりくらりとかわされています。どうやら、他社からも同じような打診があるようで……」

「なるほど、条件を見極めてる最中か」

「金額的にはうちが一番とは思いますが、他社が駒野氏にとってよりいい条件を提示している可能性もあります」

「生きている以上、どうしたって食糧問題はついて回るからな……どこも狙ってるだろう」

「日本は自給率が低いですからね。いっそ海外に切り替えますか?」

「いや、あの一帯の土地は利用価値が高い。金額の調整は難しくても、まだ見直せる条件があるかもしれない」

「わかりました。こちらでも情報を集めてみます」

「頼む。――とにかく、会談でなくてもいい。直接会えるようアポを取り続けてくれ」

「それが、なかなか難儀なのですが……」

「やれよ。おまえの仕事だろうが」

俺の言葉に、鳴沢は疲れたように息をついた。つくづく、やる気のない秘書である。

「力を尽くします。ちなみに……先方からの条件はどこまで受け入れますか?」

「受け入れられる限りはすべて受けろ」

「それは例えば、奥様同伴で会いに来いという条件でも?」

「……俺が結婚したことなんて、あっちは知らないだろう」

珈櫻会(かおうかい)には知られてしまったが、正式発表していないので、まだ知らない人間の方が多いはずだ。

「以前、『結婚もしとらん半人前の小僧と話すことなどない』と、駒野氏に断られたことがありましたので。ご結婚されたのを機に、一人前アピールをしてみようかと」

「――瑠依を利用するな」

「ご結婚なさった以上、妻として夫に協力するのは当然では?」

――確かにそれは、『社長の妻』である瑠依に頼むべきことだ。

「……わかった」

仕方なく頷いた時、スマホが鳴った。この着信音は瑠依だ。

『相談したいことがあるので、都合のいい時に時間を取っていただけますか』

『わかった。今日は早めに帰る』そう短く返信しながら、嘆息した。

……仮にも妻が夫に送るメールじゃないな。

いや、俺達はまだ、仮の夫婦のままだろう。

瑠依に契約結婚を提案したのは俺だが、今はこの関係をきちんとしたいと思い始めていた。

＊＊＊＊

千尋さんと……本当に夫婦になってから数日。

私は、意を決して千尋さんに相談があると打ち明けた。

いつもより早めに千尋さんが帰宅し、ダイニングチェアに座る。私は彼の好きなアイスティーを用意しつつ、思い切って切り出した。

「あの……、やっぱり私、仕事がしたくて……」

「仕事？」

何を言われたかわからないといった口調で、問い返される。

「──どうして働きたいんだ。もし、金が足りないなら……」

「足りてます、むしろ余ってます、ちゃんと家計簿見せたんだから、生活費を減額してください」

千尋さんは私に桁(けた)違いな生活費を渡すだけでなく、それとは別に自由に使えるクレジットカードを作ってくれた。しかも、限度額ナシのブラックカードを。

……使う勇気はない。

「離婚したら、正社員採用してくれるって言いましたよね」

「……おまえ、離婚したいとでも言う気か」

「言いません！」

低くなった千尋さんの声に、焦って否定する。――私の方から、離婚したいなんて絶対に言わない。

「おまえにはエステや勉強があるし、珈櫻会(かおうかい)のご婦人方との付き合いもあるだろ」

「そ、それは休みの日に行きますから」

何もしなくてもいい優雅な社長夫人生活。それがいいという人もいるんだろうけど――根っからの庶民である私には無理だった。

「図々しいお願いとは思いますが……慣れない生活をする中で、逆に仕事が息抜きになりそうと言いますか……」

そう言うと、千尋さんが溜息をついた。

「――……おまえは、俺を信用してないからな。仕方ない」

……そんなことはない。驚いて私は、千尋さんを見つめた。

「いつ俺が、『離婚してくれ』と言ってくるかわからない。そう思ってるんだろ?」

「……そ、れ……は……」

ない、とは言い切れなかった。

千尋さんの為に何かしたいと思うくらいには、好意を持っている。

それは確かなのに……どうしても、恋愛に対する不信感が消えてくれない。

「別に責めてるわけじゃない。今までずっと恋愛不信だったおまえが、一度セックスしたくらいで恋愛万歳！　みたいになったら、そっちの方が驚く」

千尋さんは淡々と言いながら私を見て──苦笑した。

「……怒ってるわけでもないから、そんな顔をするな」

困ったように向けられる微笑みが優しい。

彼を無条件で信じると言えない自分が、申し訳なくなった。

「──仕事の件だが、うちの会社でいいならある。おまえ、保育士の資格を持ってたよな?」

どうやら千尋さんの会社には、社員の子供専用の託児所があって、そこの保育士に欠員が出たのだと言う。

「はい。……実務経験は半年だけですけど」

不安に思う私に、千尋さんは心配するなと言った。

「おまえがベテラン保育士だとは思ってない。——託児所のシフトは、日勤と夜勤がある。残業する社員に対応する必要があるからな。夜勤の場合は拘束時間が長いが、大丈夫か？」

「大丈夫です……あの、ありがとうございます」

お礼を言った私に、千尋さんは呆れたように微笑んだ。

「気にするな。パーティーやら接待やらは……まあ、早めに言うから、シフトを調整してもらえ」

「はい。もし面接に通ったら、旧姓で働くのは大丈夫ですか？」

さすがに、八雲グループの会社で八雲姓で働くのは勇気がいる。

「人事にあらかじめ言っておけば、職場で旧姓を名乗ることは問題ない。書類は新姓になるけどな」

……ほっとした。

「……ちなみに、託児所の責任者は苑の子供だから。そいつには、俺と結婚してることを話さなきゃならない。たぶん、面接もそいつがする」

その人が採用を許可しないと、社長の千尋さんでも採用は難しいそうだ。

「話は通しておく。面接はおまえが頑張れ、俺にできるのはここまでだからな」

千尋さんは、どうしてこんなに、私を甘やかしてくれるんだろう。

「ありがとうございます」

「別に、礼を言われるようなことはしてない」

「我儘を聞いてもらったわけですし……」

俯いて言うと、千尋さんは私の髪を撫でた。

「このくらいは可愛いだけだ。礼がしたいなら、もうちょっと俺に甘えてくれ」

茶化すように笑った顔に、何故か鼓動が騒いだ。

私も彼の為に何かしたい、彼と一緒にいるのが幸せ。

……この気持ちが何なのか、恋愛経験ゼロの私でも気づき始めていた。


それから一週間ほど過ぎた日の夜。

マンションに帰ってきた千尋さんは、ソファーに座ってフルーツジュースを飲みながら私に言った。

「託児所の責任者――相楽ゆりなって名前だが。明日の午後、面接に来てほしいそうだ」

「ゆりなさん。責任者は女性なんですね」

そう言うと何故か微妙な顔をした千尋さんに、私は思わず首を傾げる。

「ゆりなは、まあ……会ったらわかる。悪い奴じゃないから安心していい」

千尋さんにしては、歯切れが悪い言い方だ。

少し気になったけれど、私は明日の面接のことで頭がいっぱいになっていた。

そうして迎えた翌日。

ここは、高層ビルが建ち並ぶ、都内屈指の高級オフィス街だ。

私は面接の行われる八雲ホールディングスの本社ビルを呆然と見上げる。

……何これ、まるでホテルみたい。

私は緊張しながらガラス張りの入り口から中に入った。受付で名乗ると、癒し系美人なお姉さんがすぐに来客パスを渡してくれた。

お礼を言ってエレベーターに乗り、指定された五階のボタンを押す。

緊張したまま五階に着いたら、エレベーターホールに仁王立ちした背の高い女性が待っていた。

毛先だけくるんとウェーブしたミディアムボブの髪に、パステルカラーを基調にした初夏らしいメイク。可愛らしい顔立ちに、飾り気のないTシャツとジーンズを合わせたその人は、私ににっこり微笑んだ。

「こんにちは、瑠依さん。あたし、相楽ゆりなです。よろしくね」

明るく自己紹介しながら、ゆりなさんが応接室まで先導してくれる。

「面接って言っても、採用前提だから気楽にね」

応接室の扉を開けてくれたゆりなさんは、笑顔で私に中に入るよう促した。

「失礼します……」

ぺこりとお辞儀してから室内に入る。淡いグリーン系で統一された部屋は、気持ちを落ち着かせてくれる。……たとえ、超高級そうな応接セットやインテリアであっても。

「じゃあ、面接を始めましょうか。座って、座って」

ゆりなさんは私に着席を求めながら、自分もソファーに座った。私はもう一度礼をしてから座る。

「えーと、朝香瑠依さん……よね。職務経歴書はあるかしら？」

「はい」

職務経歴書を差し出すと、ゆりなさんはさっと一瞥して頷いた。

「保育士として働いた期間が半年だと、ほぼ未経験扱いになっちゃうけど大丈夫かな？」

「はい。問題ありません」

「千尋くんとも話したんだけど、最初は昼間の短時間でってことでいい？　慣れたらフルタイムになってもらう前提で」

「はい」

「保育士はあたしを入れて五人。シフト制だから日中は三人ね。病児保育用に看護師が二人いるけど、交代制だから基本的には一人。手が足りない場合は、会社の医務室と連携することになってるわ」

ずいぶん充実してるなあ……病児保育までやってるんだ。

「で、託児所で預かっている子供は、二歳以上が十四人。乳幼児はいないわ」

それなら、保育士は今の人数で十分足りるのでは。確か、基準は六対一のはずだった。

私が尋ねるより早く、ゆりなさんが重く暗い声で補足した。

「……そして、そろそろ産休に入る予定の保育士が二人。男だけどね。ここは産休取得も男女平等だから」

なるほど、そうなると保育士の数が三人になって、子供に手が回らなくなるのか。

「もー、急いでたから、瑠依さんを紹介してもらえて助かったわ。母さんのチェックを通過してるなら安心だし、千尋くんもたまには役に立つわー」

「ゆりなさんの面接に通らなかったら無理だと言われましたが……？」

「基本的にはね。でも瑠依さん、母と旦那様の審査をパスしてるし。あたし、自分よりあの二人の人を見る目の方を信用してるから」

悪戯（いたずら）っぽくウインクすると、ゆりなさんは私を見て頷いた。

「うん、採用です。月曜日から出勤してもらえるかな？」

「はい。よろしくお願いします」

「月曜は、十時に出社してね。日勤は通常七時半からだけど、朝はバタバタするから。もし、急に都合が悪くなったりしたら、直接連絡くれる？　あたしのＩＤはこれ」

そう言ってスマホを出したゆりなさんと、連絡先の交換をした。

「勤務中の服や靴──あたしが着ているものだけど、それはこっちで用意するから、通勤は好きな格好で大丈夫よ。……このオフィス街で浮かない程度に」

「……Tシャツとジーンズとスニーカーで、このビルに入る度胸はありません……」

場違いもいいところだ。でも、制服が用意されているのはありがたい。

「じゃあ、これから職場に案内するわ。皆にも紹介したいし。……あら、お茶もなしでごめんなさい。途中にドリンクバーがあるから、何か飲みましょ」

「はい」

私はゆりなさんと一緒に応接室を出て、広い廊下を歩く。

「千尋くんとの関係は伏せるように言われてるから、あたしの母の紹介ってことにするわね。母には了解取ってるから、安心して」

「色々お気遣いいただいて……ありがとうございます」

「あー、固い固い、もっと楽にして。それに、千尋くんが『瑠依を困らせるな』ってうるさいから」

──本当に千尋さんは過保護だ。何だか恥ずかしい。

「でも、あれね。瑠依さんは、あたしを見ても驚かないのね。千尋くんから聞いてた？」

きょとんとした私を見て、ゆりなさんが楽しそうに続けた。

「あたし、戸籍は男なの」

「千尋さんからは何も聞いていませんが、メイクも服も、ゆりなさんに似合ってますし」

ゆりなさんは、一見すると可愛い女性に見えるけど、Tシャツとジーンズ姿だと、細身ながら体格は男性のものだとわかる。それに、千尋さんほどではないけれど、背も高いし。

だから最初に会った時は少し驚いた。ゆりなさんがそれに気づかなかったのは、私の緊張が驚愕を上回っていたからだと思う。

「あたし、変声期が来なかったから声変わりしなかったのよね……でも、あたし、別に女になりたいわけじゃないのよ。かといって、女装が好きなわけでもないの」

「そうなんですか？　すごく可愛いのに」

「やだもう瑠依さんたら、可愛すぎるなんてホントのこと言わないで！」

ゆりなさんが照れたように私の背中をばしんと叩いた。

……けっこう痛い。

「自分に似合うものを選んでいくうちに、こうなったのよね」

しみじみと呟くゆりなさんは、どう見ても『とても可愛い女性』だった。

「この可愛らしい美貌が曲者なのよ――あ、でも普通に女の子が好きだから。あたしより可愛いってのが条件だけど」

そう言って、綺麗に微笑んだゆりなさんに勝てる女の子は、なかなかいないと思う。

その日の夜。私は早速、千尋さんに採用されたことを報告した。

「採用されたのか」

「はい。会長や苑子さんの目を信じてるからって」

あまり遅くない時間に帰宅した千尋さんは、ジャケットを脱ぎながら微苦笑した。

「責任転嫁してるだけだ。ゆりなの得意技」

「うーん、責任転嫁はずるいけど、ゆりなさんは可愛いから許せる」

「おまえ、ゆりなが可愛いと思うのか?」

ちょっと驚いた千尋さんに、私は頷いた。……ゆりなさんは客観的に見ても可愛いと思う。

「……俺は、あいつの学ラン姿を知ってるからな……今の姿には違和感がある」

私はダイニングテーブルに夕飯を並べていく。チキンソテーをメインに、副菜はポテトサラダとラタトゥイユ。あとは卵のスープだ。もう一品作ってもよかったかな。

「でもゆりなさんは、女の子が好きだそうです」

「——は?」

……え、どうして目つきが変わるんですか千尋さん。

「……おまえ、ゆりなに連絡先とか教えてないよな？」

「教えました」

だって上司になるんだし。それに、急な欠勤があるかもしれないんだから、連絡手段は必須だ。

「今すぐ消せ。あと、明日にでも携帯の番号とアドレスを変えてこい」

「何をいきなり……ゆりなさんは上司ですよ」

「おまえ、前の職場の上司に連絡先を教えてたか？」

言われてみれば、教えていない。派遣のコーディネーターさんには教えていたけど。

「託児所の保育士には、業務用のスマホがある。わざわざプライベートの連絡先を教える必要はない」

「……でも、一度教えたものを消すのは失礼ですし」

「おまえのスマホには、俺とばーさまの連絡先以外は入れなくていい、むしろ入れるな」

お皿を並べ終えて、あとはご飯をよそうだけになったけど、千尋さんは座らずにスマホを操作して、電話をかけ始める。

「――ゆりな。今日聞いた瑠依の連絡先を消せ。それはプライベートだ」

いきなり低い声で命じた千尋さんは、そのまま電源を切った。そして絶対零度の視線で私を見据える。

「瑠依。他に何人に番号その他を教えた?」

「保育士さん達と、看護師さん……」

「……託児所は、保育士全員、男だよな?」

ゆっくりと確かめてくる言葉に頷いたら、殺られる気がした。

……何故バレている。それは、千尋さんの会社だからだと、今更気づいた。

「おまえは! 人妻の自覚を持て! 簡単に男に連絡先を教えるんじゃない!」

「し、仕事ですよ! 千尋さんだって、女性の連絡先くらい入ってるでしょう!?」

言い返した私に、千尋さんは無言でスマホの電源を入れ、連絡先一覧を表示させる。フルネームで入力されている宛名に——私以外の女性の名前はなかった。苑子さんすら入っていない。

ゆりなさんにはどうやって電話したんだろう……暗記してるのかも……あり得る。

「俺は、仕事相手はともかく、おまえと入籍する前にプライベートの連絡先から他の女は全部消した」

「全部……」

「最低限の礼儀だろ」

「……全部って、何人登録してたんですか?」

私の質問に、千尋さんがぴたりと動きを止めた。

「私は、連絡先に入ってる男性は……今日交換した方達と、あとはあんまり連絡したくないけど父親くらいですが」

派遣コーディネーターさんは女性だったし。前の職場の関係者は奈津美くらいだ。

「……千尋さん？」

どうしてだろう……すごくモヤモヤする。

つい、じとっと千尋さんを見ていたら、彼がふいっと視線を逸らした。

「それとこれとは話が別だ。過去は気にするな、大事なのは今と未来だ」

「千尋さん」

私は静かに繰り返した。

「……おまえの声を聞くのも連絡するのも俺だけでいい」

「誤魔化さないでください」

そう言った瞬間、千尋さんが逆ギレした。声を荒らげて体ごと私の方を向く。

「誤魔化してない！　おまえが俺の過去に嫉妬するみたいに、俺は、今現在おまえの周りにいる男に腹が立つ。はっきり言うが、俺はおまえを独占したい。仕事に行かせるのも、おまえがそうしたいって言うから認めただけで、本当は……」

本当は――それ以上は言わず、千尋さんは私を睨みつけた。

その視線の強さに、息を呑む。

……え、嫉妬？　私が、千尋さんの過去に？

けど、嫉妬ではないと言える自信もない。

それに、私を独占したいって……。

「おまえは、俺が他の女を見て話して触ってもいいのか」

「嫌です」

その答えは、迷うことなく私の口から出てきた。

見る、話すまではコミュニケーションの一環だと思うけど……触るのは嫌だ。

「なら、他の男は連絡先から消せ。おまえが思ってるよりずっと、俺は嫉妬深いんだ」

久しぶりの千尋さんの俺様発言。だけど——言われた内容に私は言葉を失う。

……それって、どういう……

「——言葉で理解しないなら、おまえの体に直接理解させるぞ」

その言葉に不穏な気配を察して、ハッとする。……これは、逆らってはいけないやつだ！

「い、今すぐ消させていただきます」

千尋さんも、目的の為には手段を選ばない。今の彼に、やっぱりお義父さまと親子ですね、なんて言う勇気はなかった。

「別に、嫌なら消さなくてもいいんだぞ？」

「進んで消させていただきます！　人妻としての慎みに欠けていました、申し訳ありません!!」

ひたすら謝罪しながら連絡先を消した私を見て、千尋さんは機嫌よく笑った。

私の好きな笑顔で。

……好きなのは、もう笑顔だけではなくなっている。

＊＊＊＊

――夕食のあと、瑠依は風呂に行った。俺は自分の部屋に入り、再びゆりなに電話をかける。

『なーに、千尋くん。瑠依さんの連絡先なら消さないわよ』

「こっちで変えさせるから構わない。ところで、あと一人保育士が必要なんだよな。それは絶対に女にしろ」

『仮にも経営者の千尋くーん。男女雇用機会均等法って知ってる？』

「当たり前だ。男の多い職場に、女性を雇うのは均等だろうが」

『屁理屈！　まあ、心配しなくても、もう一人は女性に決まってるわよ――倉林聡美さん』

「はあ!?　聡美だと!?」

予想外の名前に、つい大きな声を出してしまう。

『だって、さっちゃんが仕事に復帰したいって言うんだもん。さっちゃんは、保育士も幼稚園教諭の資格も持ってるし。——託児所の人事権はあたしにあるって、理解してるわよね？』

「……瑠依に、余計なことを言うなよ」

『余計なこと？　さっちゃんの初恋が千尋くんで、ずーっと千尋くんに片想いしてるってこと？　二十歳のバレンタインデーに玉砕(ぎょくさい)して、そのあと自棄(やけ)になって別の人と結婚したけど、今は離婚してフリーですってこと？』

「ゆりな」

俺の声が無意識に苦いものになる。答えるゆりなの声も、低くなった。

『あたし、この件に関してはさっちゃんの味方だから』

「俺に怒るのはおまえの勝手だが——瑠依を巻き込むな」

『ふーん……ほんとに好きなんだ？　急な結婚だったし、何か裏でもあるのかと思ってたけど、もしかして一目惚れ？』

——俺達の事情は、誰にも話すつもりはない。

沈黙する俺に、電話口からゆりなの溜息が聞こえた。

『……ずっとさっちゃんを見てきたあたしとしては複雑なのよね。瑠依さん、いい子そうだし。むしろ気に入ってるし』

問題はそこだ。普段は『女っぽい格好してるんだから、嗜好も何もかも女で通すわ』と宣言しているこいつが、瑠依には『恋愛対象は女性』と告げた。

——つまり、瑠依を異性として見ているということだ。

「瑠依は俺の妻だ。手を出すな」

『いちいち牽制するとか、余裕がないのかしら。そんなに器が小さくてどーすんのよ』

「……瑠依にも色々あるんだよ。余計なことを言って、傷つけるのは許さない」

『瑠依さんに嫌われたくないって？　——千尋、それ、偽善と保身だからな』

本来の男の口調で言い捨て、通話が一方的に切れた。

——言われなくてもわかってる。

瑠依との契約は、俺の中で、もう契約ではなくなっている。

なのに、拒まれるのが怖くて、『愛している』とはっきり気持ちを伝えることもできなかった。

＊＊＊＊＊

月曜日、初出勤の朝だ。

朝食の支度をしながら、私はリビングルームの窓から澄んだ青空を眺めた。

新しい職場の初日というのは、やはり緊張する。

「千尋さん、コーヒーどうしますか」

「飲む」

「私はカフェオレにしますけど」

「なら、俺もカフェオレで」

経済新聞——ではなく、朝の連続ドラマを食い入るように観ながら、千尋さんが返事した。

実は、ブラックコーヒーが好きではないそうだ。外ではイメージがあるとかで、我慢しているらしい。『家でくらい好きなものを飲みたい』と言われた。

「カフェオレじゃなくて、カフェモカでもいいですか?」

「カフェモカは面倒だろ。俺はカフェオレで——」

「いいえ、牛乳が残り少なくて。私の分をミルクたっぷりにしたら、千尋さんの分が足りないなーと」

なので、ココアで誤魔化そうかと思ったのだ。今日の帰りは、牛乳を忘れず買ってこないと。

「……そういう余計なことは言わなくていい」

「千尋さんには、常に誠実でありたくて」

「適当に嘘ついたら、バレた時に面倒くさいからだろ」

……バレている。

「——あ、ドラマ観てなくていいんですか？　今ヒロインが旦那様にときめいてましたよ」

「……再放送を予約しておく」

こうして、何気ない会話をしながら一緒に食事をするのが、当たり前になってきた。

……あの日、千尋さんの過去の女性に嫉妬していると気づかされてから、私はわざとその話題に触れないようにしている。

こんな私を、千尋さんはどう思っているんだろう……

「……夕飯はどうしますか？」

「家で食う。今日はおまえの初出勤だし、色々確認したいしな」

「そうですか、家で……初出勤で疲れてるのに夕飯の準備を……世の兼業主婦は大変ですね。いえ、もちろん私は、喜んで千尋さんの為に夕飯を作りますよ」

「愛情が無理でも、せめて誠意を込めろと言わない俺も大概優しいよな」

千尋さんの前に牛乳少なめのカフェモカのマグカップを置いて、私はアイスカフェオレを飲む。

今日の朝食は、ベーカリーで買ったクロワッサンと、私の作ったスープとサラダ。

でもベーコンエッグは千尋さんが作ってくれた。夫が家事を手伝うのは当然だ、と言う千尋さんは、俺様だけど優しい。こういうところが、好きなのだと思う。

「瑠依」

「はい？」

ベーコンエッグは味も焼き具合もちょうどいい。千尋さんとは食の好みも合うので助かる。

「ゆりなが言うには、おまえの他にもう一人保育士を雇うそうだ」

「そうなんですか？」

「ああ。最初から欠員は二人だからな。先に内々定してるやつがいて、あと一人を探してたんだよ」

その『あと一人』が私だと、千尋さんは言った。

「確かに、産休に入る方は二人って……そういえば、男の人にも産休があるんですね」

驚きましたと言ったら、千尋さんが笑った。

冷たく見える端整な顔立ちが、途端にやわらかくなるので、私はこの笑顔がとても好きだ。

「育休とは別にな。出産前から妊婦に寄り添い、父親になる自覚を促すべきだと、ゆりなが提案したんだ。で、親父がそれを採用した」

「それは託児所限定の制度ですか？」

「いや、会社全体。……まあ、実際に産休を取る奴は少ないから、そこは今後の課題だな。……ただ、仕事をしたいと言う奴に休めって無理に命じることはできないからな」

仕事で重要な案件を任されるほど、自分の手から離したくないと思う社員は多いらしい。

女性の産休は法律で決められているし、何より体が大変になるから休まざるを得ないけど、男性はなかなか難しいそうだ。

「実際に産休を経験したら、二人目の時は進んで取ってくる奴もいるんだけどな」

託児所の方は、保育士としていい勉強になるので率先して取るらしい。

「そういうことで、今日はもう一人の新人がいると思う」

そこで一旦言葉を切った千尋さんが、真面目な顔で私を見つめてきた。

「……瑠依」

「はい」

「ないとは思うが、絶対にないとは言い切れない。だから先に言っておく。その新人絡みで嫌なことがあったら、すぐに帰ってこい。仕事は他のを探してやるから、絶対に我慢するな」

「いきなり、何を言ってるんです。仕事で嫌なことがあっても、我慢するのが社会人でしょう」

理不尽なことがあっても、ある程度の我慢は必要だ。

嫌なことがあったからと、職場を放棄するなんてあり得ない。

「何度も言いますが、千尋さんはちょっと私に過保護すぎます」

私はそう言って、食べ終わった食器を片づける。シンクで軽く洗って、食洗機にセットしていく。

その間黙っていた千尋さんが、仕方なさそうに口を開いた。

「……倉林聡美。二十八歳。俺とゆりなの幼馴染(おさななじみ)で——八年前に告白されて、俺が断った。そのあと別の男と結婚したが、最近離婚したそうだ。——その原因は俺だと、ゆりなに言われた」

食洗機に並べていた食器が、派手な音を立ててぶつかる。

「……それ、私のことがバレたら、マズイんじゃないんですか!?」

「だから、何かあったら逃げろと言っている。……聡美は勘がいいからな」

気をつけろと言った千尋さんを、恨めしく思った。

相手の気持ちまでは、千尋さんにもどうしようもないことかもしれないけど……それを今言わなくても。

「……千尋さんは、どうしてその人と契約しなかったんですか？」

私が思わず漏らした言葉に、千尋さんが溜息をついた。

「聡美のことは嫌いじゃない。けど、結婚したいとは思わなかった」

――結婚なんて紙切れ一枚のことだと私に言ったのは、千尋さんではなかったか。

「……どうして付き合わなかったんですか？」

「聡美は、俺にとっては姉みたいなものだ。それに、もし付き合ったとしても、別れた時の後腐れがありすぎて面倒くさい」

――それはつまり……後腐れのない相手とは付き合ってきたということで。

じわりと胸に浮かぶ感情が何か、私はもう知っている。

千尋さんの過去に、女の人がいるなんて当たり前だ。

この容姿で、女性経験ゼロの方がむしろ怖い。

頭ではそうわかっているのに、私は上手く笑えなかった。

……何も、初出勤前にあんなこと言わなくてもよかったのに……

そう思いつつも、知らなかったら面倒なことになりそうだから、教えてもらってよかったと冷静に判断する私もいる。

倉林聡美さん――千尋さんのことが好きで、ずっと想い続けていた人。

他の人と結婚したあとも、一途に千尋さんのことを好きでいた人。

千尋さんを好きになるのは私にもわかる。……だってあの人、優しいんだもの。

ただ私には、他の人と結婚しても忘れられないほどの強い愛情――それがわからない。

だから、倉林さんが、私という存在をどう思うか、想像することができなかった。

じわじわと心が重くなるのを意識しながら、私は勤務先のビルに入った。

事前に教えてもらっていたおかげで、私はスムーズに託児所の女性更衣室に到着した。

大きめのロッカーのひとつに、鍵が挿し込まれ『朝香瑠依』とネームプレートがついていた。

扉には、『着替えは中に入ってます。サイズが合わなかったらロッカーから合うものを選んでください』と、綺麗な字で書かれた付箋が貼られていた。……これは、ゆりなさんかな。

私はロッカーを開け、用意されていた制服に着替えた。着てきたスーツは丁寧にハンガーに掛ける。そのまま鍵をかけてポケットに入れ、先日案内された託児所へ向かった。

――広々としたプレイルームで、長い黒髪をバレッタで簡単にまとめた女性が、ゆりなさんと談笑しながら子供達と遊んでいる。彼女が、倉林さんだろうか。

「あ、瑠依さん、こっち」

ゆりなさんがいち早く私に気づいて、手招きしてくれる。

続いて、託児所内の子供達に大きな声で呼びかける。

「みんなー。今日から来てくれる新しい先生です。朝香瑠依先生。いい子にして、仲良くしてね」

「あたらしーせんせい、ふたりめ！」

「さっちゃんせんせいと、るいちゃんせんせい！」

人見知りしない子供が多いらしく、あっという間に周りを囲まれる。

子供特有の甘い匂いに、私の頬が緩んだ。

その時、カメラのシャッター音がして、「撮っちゃったー」と、ゆりなさんが笑う。

「新しい先生ですって父兄に紹介しなきゃいけないから。瑠依さんは最初は十時から十五時の時短でしょ？　お迎えの時間にはいないから、顔を覚えてもらわないといけないの」

このご時世、不審者と間違われない為の予防措置でもある。

納得して頷いた私に、倉林さんが声をかけてきた。ナチュラルメイクでも、綺麗だとわかる清楚な雰囲気の美人さんだ。

「はじめまして、朝香さん。倉林聡美です。私も先週から入った新人なの。よろしくね」

「はい。こちらこそ、よろしくお願いします」

私がぺこりと頭を下げると、倉林さんはぐずっていた小さな女の子を抱き上げながら、ゆりなさんをちらっと一瞥した。

「あと、ゆりなちゃん。いきなり写真は駄目よ。先に一言断るのがマナーでしょ」

「でも、自然な笑顔を撮りたくて」

「駄目。朝香さんが写真嫌いだった場合はどうするつもりだったの？　ちゃんとさっき撮った写真を確認してもらって、朝香さんがＯＫを出したら父兄に見せてもいいわ」

「さっちゃん……あたし、一応ここの責任者で、あなた達の上司よ？」

「上司だ責任者だって主張したいなら、最低限のマナーは守ってほしいわね」

笑顔でゆりなさんを言い負かした倉林さんは、私に微笑んだ。

「嫌だったらはっきりそう言ってあげて。ゆりなちゃん、強引だから」

どこかしょんぼりした様子のゆりなさんが、私におずおずと写真を見せてくる。

「ごめんね、瑠依さん。これ、さっきの写真……」

「大丈夫です。使ってください」

私の答えに、ゆりなさんがほっと息をついた。その途端、子供達がきゃっきゃと笑い出す。

「ゆりなせんせー、またさっちゃんせんせーにおこられてるー」

「ママにおこられてるパパみたーい」

――子供は無邪気で、容赦がないな。

「……あたし、さっちゃんには弱くて……子供の頃の力関係のせいかしらね、幼馴染だし」

千尋さんも幼馴染だと言っていた。ゆりなさんは苑子さんの子供で……

――あれ？　じゃあ、倉林さんはどういうお家の人なんだろう。やはり千尋さんに釣り合うセレブだろうか。

そう思ったら、何故だかまた胸の中がモヤモヤしてきた。

「瑠依さん、今日は二時で上がっていいわ。労務課が保険の手続きをしたいって言ってたから、それが終わったらタイムカードを切ってね」

「二時で切らなくていいんですか？」

「会社の用事で拘束するんだもの、当然その分の賃金は支払われるべきよ」

福利厚生が充実している会社って素晴らしいと、つくづく思った。

「それまでは、遊びながら子供達の顔と名前を覚えてあげて。あと、父兄へのお便りに載せる自己紹介文も書いてくれると助かるかな」

「わかりました」

「朝香さん、労務課に行くの？」

ぐずっていた女の子をあやし、友達の輪に戻した倉林さんが、声をかけてきた。

「なら、ゆりなちゃん。私もその時間に一緒にいいかな。まだ保険とか手続きしてないの」

「えっ」

「何よその反応。私にだけ、休憩時間に行けとは言わないわよね？　出勤初日から夜勤してあげてる私に」

「……言いません……けど……」

ゆりなさんがチラチラと私を見る。……意味はわかる。わかりすぎる。

労務課での手続きに同行したら、私が本当は八雲姓であることが倉林さんにバレてしまう。

「じゃあ、二時ね。あ、こら、侑人(ゆうと)くん。それは紗和(さわ)ちゃんが先に遊んでたおもちゃでしょ！」

私とゆりなさんは、お互いに顔を見合わせる。

そして、ゆりなさんがぽつりと、降伏勧告を出した。

「……いずれバレることだったのよ……」

「いずれバレるにしたって早すぎますよ、私、ここに来てまだ十分ですよ⁉」

「同僚に隠し事しながら働くのはつらいでしょ。いい機会だし、ありのままで勝負してみたらどうかしら？」

「適当に言わないでください」

私の抗議に、ゆりなさんはえへへと笑った。

……可愛いけど、それでは済まされない。

「三角関係の修羅場なら、屋上がお勧め！　ただし三時になったら休憩に来る社員がいるから気をつけてね☆」

……仕方ない。お昼休みに千尋さんにヘルプしてみよう。

痴情のもつれや三角関係なんて、私には最も縁遠いものだと思っていたのに……

がくりと項垂れた私の周りを子供達が囲んでくる。

「るいちゃん、ゆりなせんせーにいじめられたの？」

「せんせー、るいちゃんいじめちゃだめ！」

――たった五分で、私は『るいちゃんせんせい』から『るいちゃん』となっていた。

＊＊＊＊

――今頃、瑠依はどうしているだろうか。

今朝の会話を思い出し、じわじわと心配になってきた。その時、俺のスマホに瑠依から連絡が届く。

時計を見れば、十二時五分。……昼の休憩に入ったところか？

わざわざ俺に連絡してくるということは、ゆりなや聡美と何かあったのか⁉

急いで内容を確認した俺は、スマホを持ったまま表情を強張(こわば)らせた。

『倉林さんと一緒に労務課へ行くことになりました。ゆりなさんからは、修羅場にお勧めの場所を教えてもらってます』

……見なかったことにしたい。

「どうなさいました？」

「――聡美に、瑠依の本名がバレそうだ」

「それは……早速、修羅場ですね」

ご愁傷様(しゅうしょうさま)ですと言った鳴沢は、心から楽しそうな笑みを浮かべていた。

「おまえ、今すぐ何か適当に連絡して、聡美を足止めしろ」

「それは業務命令ですか」

「個人的な頼みだ」

鳴沢は、聡美の実兄だ。俺の幼馴染(おさななじみ)は、鳴沢家に婿(むこ)入りした拓実とゆりなと聡美の三人だ。

「では……久しぶりに、妻と一緒においしいアントルコートをいただきたいですね」

アントルコート――牛肉の最高級部位ときたか。

こいつとの取引の条件は大抵が外食だ。この食い道楽め。

カード会社の担当コンシェルジュに電話して、記憶にある中で一番美味かった店に、二人分のディナーの予約を指示した。

「――パリ十六区のアストレ。来週の金曜の夜に予約を入れた。木曜から有休を使って行ってこい」

「ありがとうございます」

新婚旅行の時にでも、瑠依と行こうかと思っていた店だ。味は保証する。

「では、早速、聡美を足止めしてきます」

「頼んだ」

「アストレのアントルコートがかかっていますからね」

……その熱意を、もっと仕事に使ってほしいと思った俺は、間違ってはいないはずだ。

＊＊＊＊

千尋さんにヘルプ連絡を入れて、十分足らず。

今日から社員食堂が使えるとは知らず、買ってきたコンビニ弁当を食べていた私に、倉林さんが声をかけてきた。

「朝香さん」

「休憩中にごめんなさい。私、ちょっと家族から連絡が入って、今日は早上がりすることになったの。だから悪いけど、労務課には先に行かせてもらうわね」

「は、はい」

「あ、はい。わかりました」

私が頷くと、倉林さんはにこっと笑った。綺麗、という形容がよく似合う笑顔だった。

「そのうち、ゆりなちゃんと三人で食事にでも行きましょうね。ゆりなちゃんの暴走は私が止めるから心配しないで」

「はい。ありがとうございます」

お誘いは嬉しい。これから、同じ職場で働く仲間だ。できれば良好な関係を築きたい。

でも、私は倉林さんに隠し事をしている。

彼女のプライベートを、一方的に知ってしまっているのも、後ろめたい。

……何より、こんなに美人で性格もいい倉林さんを『幼馴染(おさななじみ)だから後腐れがありすぎてその気になれない』で片づけた千尋さんに、何だか釈然(しゃくぜん)としないものを感じる。別れること前提の考え方だもの。

「それじゃ、お疲れ様」

ゆっくり休憩してねと言い残して、倉林さんは休憩室の扉を閉めた。

――にしても、千尋さん、たった十分で、どんな方法を使ったんだろう……

勤務初日を、何とか無事に終えてマンションに帰り着く。

私は、顔見知りとなったコンシェルジュさんに会釈した。一流ホテルのような豪華なラウンジには、未だに慣れない。と言いつつ、スーパーの食材を入れたエコバッグを持って歩くことに抵抗がなくなってきたのも確かだ。

ちなみに、ここのコンシェルジュさんは、和洋中、朝昼夕夜食を問わず食事の手配もしてくれると千尋さんから聞いていた。作るのが面倒な時は利用しろとも。しかし。

「……利用したら、残念そうな顔したのよね……」

前に一度、夕食を注文してみた。

どれもすごくおいしかったのに、千尋さんは『……瑠依の炊いた米の方がいい』と言った。――味噌汁や煮物や卵焼きではなく、炊いた米を褒められて喜ぶ女は、そうはいないと思う。

おいしいのはお米と炊飯器の力であって、私の料理の腕ではない。

どうやら千尋さんは、私の作った料理が気に入っているらしい。苑子さんの料理とは比べものにならないだろう手抜き料理なのに、千尋さん、人工調味料に舌が麻痺してきたのかしら。

「今日の夕飯、どうしようかなあ……」

エレベーターに乗ってカードキーをかざすと、最上階が示される。液晶パネルに手を当てたら、生体認証解除されて上昇し始めた。警備員さんも常駐しているし、このマンションのセキュリティはかなり厳しい。

「家に戻りました……と。よし、送信」

メールを送信しているうちに、最上階に到着。フロアに一つしかない玄関ドアに向かって歩き、そこでまたセキュリティ解除。家に入るのも、なかなか面倒くさい。

室内に入って手を洗い、キッチンに行って買ってきた食材を冷蔵庫に片づける。それから自分の部屋に戻ってスーツを脱ぎ、ブラウスとスカートに着替えていたら、着信音が響いた。

『瑠依?』

耳に心地よい甘い声。優しく響くこの声が、いつの間にか一番安心できる声になっている。

『大丈夫だったか』

「倉林さんは早上がりしたのでバレてません」

労務課の人は、偶然『八雲』姓の人と結婚したと思っていた。「誤解されないよう、旧姓で働きたいというのはわかります」と言われた。

『ならいい。だが……いつまでも隠せるものでもないしな』

聡美は勘がいい、と続けた千尋さんの言葉に、何故か胸が痛くなった。『聡美』と呼ぶ声には、どことなく親しげな温かさがある。

『一回、三人で話し合おうかと思ってる』

「……どうしてですか？」

我ながら硬い声が出た。自分でもびっくりするくらい、冷たくて硬い。

『聡美に黙ったままだと、おまえが働きづらいだろ』

「倉林さんに、私達が契約結婚だとわかってほしいってことですか」

『――瑠依？』

怪訝（けげん）そうな千尋さんの声に、私は反射的に答えていた。

「私達の事情を説明しておかないと困る人がいるなら――私とは離婚してください」

そして、そのままスマホの電源を落とした。

――私、は。

千尋さんの幼馴染（おさななじみ）で、千尋さんが『面倒だ』と言いながら気にかけている倉林さんに――嫉妬している。

――結婚してるのに。妻なのに。

でも私は、千尋さんがずっと私と一緒にいてくれると思えるほど、自己評価は高くない。心から人を信じることができないから、好きな人に好きだと言うこともできないでいる。

嫌だ、こんな自分が嫌。嫌い。思考も何もかもぐちゃぐちゃで、みっともない。

何だかマンションにいたくなくて、私は『食事はコンシェルジュさんに頼んでください』とメモを残し、バッグだけ持って部屋を出た。

6

——私とは離婚してください。

押し殺した瑠依の声音に、隠しきれない苛立ちを感じた。

これまで瑠依が、あんなに強い感情を俺に見せたことはない。

「……」

一方的に切られた電話。スマホを呆然と眺めていたら、鳴沢が休憩から戻ってきた。

「——社長?」

「瑠依が怒った」

「はい?」

「隠し事をしたままじゃあいつも働きづらいだろうから、聡美に事情を説明しようと言ったら、離婚してくださいと言われた」

ゆりなの協力があっても、いずれ聡美にはバレるかもしれない。

例えば親父とか、親父とか、親父とかがバラす可能性があった。

それなら先に説明した方が、瑠依の精神的な負担は少なくなると思ったのだが……

――俺は何を間違えた？

「見方を変えれば、社長が聡美を気にかけているようにも受け取れますからね。そのあたりに、奥様は腹が立ったんじゃないですか」

「は？　俺は瑠依が嫌な思いをしないように、あらかじめ聡美に事情を説明した方がいいと思っただけだ」

――なのに、瑠依は怒った。

今まで、どんな無茶な要求も受け入れてきた瑠依が、感情を露わにして怒ったのだ。

「奥様が働きやすく、かつ修羅場を避ける為の配慮だったのかもしれませんが――奥様にとっては、社長が聡美に『言い訳する』ように感じたのでは？」

「どうして俺が聡美に言い訳する必要がある」

「知りませんよ、そんなこと。奥様がどう感じたかが大事なのであって、社長と聡美の仲がどうこうといった問題じゃありません……それより、いいんですか？」

「何が」

問いに問いで返した俺に、鳴沢は大仰に呆れてみせた。

「離婚してくださいと言われたということは、今頃、奥様は何らかの行動中なのではありませんか？」

「行動？」

「ありがちなパターンですと、家出ですね」

家出という感情的な行動が、マイペースな瑠依の性格と結びつかない。

だが、さっきの電話ではいつになく強い感情を見せていた。

「……家出ったって、瑠依に行くところなんて……」

瑠依が唯一、家族と言っているばーさまは施設だし、友人関係は、俺の知るところではいない。

「ホテルなり何なり、身を隠す場所はいくらでもありますよ。他にも、ネットカフェや漫画喫茶、二十四時間営業のファミリーレストラン」

次々と挙げられる候補に、俺は言葉を失った。

プライベートに限らなければ、瑠依の『逃げる場所』はいくらでもある。

「あとは、ご本宅ですか。会長がおいでですし、可愛い嫁が冷酷な息子にいじめられて家出したと言えば、嬉々（きき）として匿（かくま）われるでしょうね」

「……夫の実家に家出する妻はいないだろ」

それきり黙った俺を見て、鳴沢は静かに退室し――すぐに戻って淡々と告げた。

「マンションのコンシェルジュに確認しました。――奥様は先ほど、一人で外出なさったようです」

「帰る」

「そうはいきません。きちんと、ご自分の責務は果たしてください。子供じゃないんですから」

冷徹に俺の発言を切り捨てた鳴沢は、微かに目を細めて伊達眼鏡の位置を直した。

「――まあ、昼休みと小休憩をまとめて取られる分にはかまいませんが」

「最初からそう言え」

「制限時間は一時間半ですよ、千尋様」

眼鏡の奥の目が、悪戯（いたずら）っぽく笑った。

ひとまず車を飛ばしてマンションへ帰宅する。そこに、瑠依の姿はなかった。

残されたメモを読んですぐに、瑠依の番号を呼び出すが、『電源が入っていない』と繰り返されるばかりだ。

……着信拒否されていないことに、少しだけ安心した。

ここを出て、瑠依が行きそうな場所など、俺にはまったく思いつかない。

念の為、瑠依のばーさまがいる施設に電話してみたが、面会には来ていないとのことだった。

もし訪ねてきたら俺に連絡するよう頼んだところで、俺の手が止まる。

瑠依の両親の連絡先は、一応調べてある。

だが、実の親といえども、すでに切り捨てているらしい瑠依の気持ちを考えれば、訪ねて行くことはまずないだろう。前の職場の同僚とはプライベートの付き合いはほぼなかったと言っていたし、今の職場に至っては、今日が初勤務だ。

軽い絶望を感じながら、俺は鳴沢の番号を呼び出した。

『はい』

「瑠依がいない」

『ああ、やっぱり』

「やっぱりじゃねえよ、何『ざまあみろ』みたいな口調で言ってんだ」

『すみません、つい本心が。ですが、奥様もいい大人です、一日や二日帰らなくたって大丈夫ですよ。要は「あなたの顔を見たくない」という意志表示をされているだけです』

ストレートな鳴沢の言葉が、俺の胸をぐさりと貫いた。

『系列のホテルには連絡しておきます。カード会社にも、朝香瑠依様での利用があれば知らせるように伝えます』

「……八雲瑠依も追加しとけ」

『顔も見たくない夫の姓は名乗らないんじゃないですか？』

……目の前にいたら、鳴沢を殴り飛ばしていたかもしれない。

「……瑠依はクソ真面目なんだよ。偽名で宿泊したら法律的にヤバいと怖気づくタイプだ」

『――ああ確かに、バレたら問題ですね。ま、家出して、わざわざ八雲系列のホテルに泊まるほど、アホではないと思いますが』

「俺の女を馬鹿にするな」

『はいはい。とりあえず、そこに奥様はいらっしゃらないんですよね？　なら、戻って仕事をしてください。裁可待ちの書類が山積みになっていますよ』

俺は苛立ちのままに電話を切り――会社へ戻った。

そして、鳴沢に『どーせ誰も待ってないんですから』と、ここぞとばかりに残業させられる。しかも自分は定時で帰りやがった。第一秘書のくせにそれでいいと思ってるのか。

残った第二秘書の春日は、『あの、こちらも……』と、遠慮がちに、けれど途絶えることなく書類を持って来た。鳴沢直属の部下だけあって、低姿勢だが強引だ。

春日が『本日の分は終了です』と言った時、時刻はもう二十一時近かった。

仕事の疲れだけではない気怠さを抱えて、ハンドルを握る。

　仕事の合間に何度もかけた瑠依の番号から未だ折り返しはない。ホテルや施設、念の為連絡した八雲の実家からも何の報告もなかった。

　――瑠依が何に対して怒ったのか。

　鳴沢は『俺が聡美を気にかけているように受け取れるから』と言っていた。だが、あの瑠依が、そんなことでキレたりするだろうか？

　感謝の気持ちの方が大きいとはいえ、子供を産んでもいいと思うくらいには、好意を持ってくれていると思っていた。

　だが、一度寝たくらいで、彼女の恋愛不信が完全に治るわけではない。だからこそ、一気に関係を進めたいのを我慢して、慎重に瑠依との距離を縮めていくつもりだった。

「……想定外すぎるだろ……」

　かつてスマホに入っていた、過去の女の連絡先に嫉妬をされたことはあった。瑠依本人は無意識だとは思うが、あれは明らかに嫉妬だった。

　だが、俺と聡美はただの幼馴染だ。俺が聡美を好きだったこともなければ、元恋人という関係でもない。

　聡美との間に、瑠依が嫉妬する要素はない――と思う。

　やや乱暴に車を駐車スペースに停め、駐車場から直通のエレベーターに乗る。

　少しばかりの期待を持って玄関ドアを開けるが、暗い室内に瑠依の気配はない。リビングの壁に凭れながら、俺は焦燥感に駆られた。

「……変な男に言い寄られてたりしないだろうな……」

瑠依はクソ真面目でお堅いくせに、かなり抜けている。

出て行った先で、ナンパされていないとは限らない。今すぐ連れ戻したいと思っても、俺は瑠依がどこにいるか見当さえつかないのだ。

俺はもう一度、瑠依の番号にコールした。その時――

「はい、朝香です――って、千尋さんですか。どうしました？」

すぐ後ろで能天気な声がして、勢いよく振り返った。

――リビングの入り口に、スマホから手を離して俺を見ている瑠依がいた。

* * * *

唖然として私を見ている千尋さん。

……電話をかけてきたということは、用があるんだと思うけど。

「千尋さん？」

どうしましたかと聞こうとしたら、どこか疲れた声で問いかけられた。

「……おまえ、家出したんじゃなかったのか」

「家出？　どうしてそんなことする必要があるんですか？」

私に家出できる先なんてないことは、千尋さんだってわかっているはずなのに。

すると千尋さんは、脱力したみたいに大きな溜息をついて続けた。

「離婚してくださいなんて電話のあとに、あんなメモ一枚残して音信不通になれば、普通はそう考えるだろ」

「そんなことしてる暇なんてないですよ、明日も仕事だし。気分転換に映画を観て、夕飯を食べてきただけです」

映画と夕飯は、おひとりさま万歳だ。色々楽でいい。

「千尋さんは今帰ったところですか？　夕飯がまだなら、コンシェルジュさんに何か頼みます？」

「いや待て、普通にいつもの生活に戻るな。——何がどうして、離婚してくださいなんて発言になったんだ」

「……言いたくありません」

聡美さんに嫉妬したなんて、絶対に言いたくない。

契約結婚した身で、千尋さんの交友関係に口を出すなんて図々しいにも程があるだろう。

「瑠依」

「私、お風呂に入ります。千尋さんは適当に夕飯食べてください」

そのまま千尋さんの視線から逃げて、私は自分の部屋に入った。

バッグを置いて、着替えを用意していたら、ドアがノックされ千尋さんの声が聞こえてきた。

「――リビングで待ってる。風呂から出たらこっちに来い。――逃げるなよ」

「お話しすることは、特にありません」

「俺は、この部屋の合鍵を持ってる」

「いつ作ったんですか、プライバシーの侵害です！」

「夫婦の間で隠し事をするな」

それとこれとは別……と言いたいけど、合鍵があるならここは安全地帯じゃない。なら、もう話し合うしかないのかもしれない。

「……わかりました」

私が仕方なくそう答えると、千尋さんの気配が遠ざかっていった。

私がお風呂に入っている間に、千尋さんは冷蔵庫の食材で適当に夕飯を作って食べたらしい。シンクに食器が残っていた。

「……ゆっくり食べなきゃ体に悪いですよ」

「ゆっくり食べられる心境じゃなかったからな」

そう言って、千尋さんは私にソファーに座るよう促した。彼の隣に、少し距離を開けて座ると、千尋さんの視線を感じる。睨みつけられていると言ってもいいかもしれない。

「何がどうして、離婚なんて話になる」

「……黙秘権を行使します」

「却下」

一言で切り捨てられた。千尋さんは少し苛々した様子で、テーブルの上のグラスを持ち上げる。

中身はお酒ではなく、お気に入りのフルーツジュースだ。

千尋さんは、基本的に休日前にしかお酒を飲まない真面目人間なのである。

「……」

黙って目の前に寄せられたグラスにも、同じフルーツジュースが入っていた。

「……いただきます」

湯上がりで渇いていた喉に、冷たいジュースがおいしい。

「自分から離婚はしない——そう言っていたおまえが、どうしていきなりそんなことを言い出したのか、確認しておきたい」

「言いたくありません」

「——原因は、聡美か？」

ご名答。それがはっきり顔に出てしまったらしく、千尋さんは深々と溜息をついた。

「聡美はただの幼馴染だ。俺にとっては、ゆりなと同じようなもんだ」

「……でも、倉林さんは、今も千尋さんのことが好きなんですよね」

「ゆりなと拓実——聡美の兄はそう言ってるが、はっきり聡美から聞いたわけじゃない。それに、聡美が結婚してからは一度も会ってないし、連絡も取ってない」

千尋さんは、よどみなく答えてくれる。本当に後ろ暗いことはないのだろう。

「三人で話し合うって言ったのが、そんなに嫌だったのか？」

「……嫌、というか」

私は、自分の気持ちがよくわからない。視線を彷徨わせながら、言葉を探した。

「——どうして、私と千尋さんのことを、倉林さんに理解してもらわなきゃいけないんですか」

「俺と結婚してることを隠したままじゃ、おまえが働きにくいだろ」

「だから、どうしてそれを倉林さんに説明しなきゃいけないんです⁉」

どす黒い感情が溢れてくる。

まとまらない思考の中、ただ『嫌だ』という声が脳内で繰り返されていた。

「これは私と千尋さんの問題でしょう？　それをどうして、千尋さんを好きな人に説明しなきゃいけないんですか！　『お互いの利害が一致して契約結婚しました。恋愛結婚じゃないから倉林さんは安心していいですよ』ってことですか!?」

感情が高ぶるままに怒鳴りつけた私を、千尋さんはぽかんとした顔で凝視して――口元を押さえた。

「……待て。ちょっと待て、瑠依」

「倉林さんに誤解されたくないなら、私と離婚して彼女と再婚すればいいでしょう！」

「だからちょっと待て。おまえこそ、誤解したくなるような言い方はやめろ」

「誤解？　倉林さんにですか？」

倉林さんへの嫉妬が止められない。

私はもう、彼との関係を『契約結婚』と割り切る自信が持てなかった。

「違う、聡美は関係ない。――おまえ、その言い方だと、聡美に嫉妬してるみたいに聞こえるぞ」

「嫉妬したら悪いんですか？　だって、好きなんだから仕方ないじゃないですか！」

勢いでそこまで言って、私は唐突に自覚した。

千尋さんのことは好きだ。本当の夫婦になるくらいには好き。

傍にいたくて、触れて欲しい。そして、同じくらい他の女性を気にかけるところを見たくない。

――それは、恋愛不信の私にとって、最大級の『好き』なのではないか。

「瑠依」

ゆっくりと私の名を呼ぶ千尋さんの声に……びくりと身を強張らせた。

「俺もおまえが好きだ」

優しく告げられた言葉に、息を呑む。

「……千尋さん。綺麗な女性に飽きたから、珍味に走りたくなりましたか？」

「人が真面目に言ってるのに、恥ずかしいからって誤魔化そうとするな」

私の照れ隠しを完全に理解して、千尋さんは微かに笑った。ゆっくり抱き寄せられたかと思うと、私の体は千尋さんの腕の中だった。

「おまえは？　俺が嫌いなら、離れて部屋に戻れ。そうしたら『契約』のままでいてやる」

そう言うくせに、抱き締める腕の力は強い。何より、離れようなんて気持ちにはなれないくらい、心地よい。

「……逃げてもいいんですか」

「いい。その場合は全力で追いかけて、捕まえて閉じ込めるだけだからな」

物騒なことを言っている。閉じ込めるというのはヤバいですよ千尋さん。

「逃げたいか？」

私の髪を梳いていた指が離れ、そのまま顎に触れる。軽く持ち上げられ、視線が重なった。

逃げませんと答える代わりに、私は黒い瞳を見つめながら首を横に振った。

「……私も、千尋さんが逃げたら追いかけます。契約不履行だって」

素直に言えない私に、千尋さんは困ったように、でも少し楽しそうに私の前髪を払った。

「一言、好きって言えばいいだけだろうが」

「言い慣れている人と違ってですね、私は告白するのは初めてなんです」

だから上手く言葉にできなくても、大目に見てほしい。

そんな私の額に、千尋さんが優しく口づけた。

「……千尋さんが好きです」

唇が触れた途端、溢れた想いが言葉になって零れた。

……え、私、何を言ったの？

自問自答する私に、千尋さんは笑いを堪えながら問いかけてくる。

「なら、離婚はなしだな？」

「……はい」

「この先、ずっと——その言葉は絶対に聞き入れない。いいな？」

二度と口にするなと念押ししてくる様が何だか可愛く思えて、私も笑った。

「はい。言いません。……でも、その……嫉妬したりはするかもです。ごめんなさい」

だって私は過去にお付き合いした人はいないけれど、千尋さんはいるわけで。嫉妬するなと言われてもそれは難しいかなと思うくらい、私はこの人が好きになっている。

だから先に謝っておこうと思った私を、千尋さんは痛いくらい抱き締めた。

「嫉妬されたり束縛されるのは鬱陶しいと思ってたが……おまえが相手だとそそられる。……その気になった」

ならなくていいです。……そう言えたらどんなにいいか。

それくらい、千尋さんの笑みは艶っぽく、危険だった。

……猛獣に逆らってはいけない。

「風呂に入ってくるから、ベッドで待ってろ。俺の部屋でもおまえの部屋でもいい」

そう言って私の額に口づけてくる千尋さんに、控えめに抵抗してみる。

「……でも、明日も仕事だし。それに、もうこんな時間だから」

「瑠依」

にっこりと完璧な笑みを浮かべて、千尋さんは私に最後通牒を突きつけた。

「これでも俺は、かなり我慢してる——今すぐ押し倒されたかったらそう言え」

「ベッドで待たせていただきます」

私はリビングのラグに正座して、三つ指をついて頭を下げた。

しかし、いざ一人になってみると、求められて嬉しい反面、無性に恥ずかしくなってくる。

——この状態で抱かれたら、恥ずかしくて死ぬ！

私は自分の部屋に鍵をかけて籠城したのだけれど……あっけなく千尋さんに開錠された、問答無用で彼の寝室へ連れ込まれてしまった。

初めて入った千尋さんの部屋は、かなり広い。大きなベッドとデスクセットだけのシンプルな内装だが、奥に書斎が続いていて、壁一面に本棚があるのが見えた。

——部屋の内装がはっきり見えるのは、明るいからだ。

「……明かり、消してください」

「今更だろ？」

「今更ですけど、やっぱり恥ずかしい、といいますか」

「それこそ、今更だと思うぞ」

そう言いながら、千尋さんはゆっくり私をベッドに下ろした。すぐに覆いかぶさってきた彼に、つうっと鎖骨を撫でられ、ぞくりとした震えが背筋を走る。

千尋さんは、私のバスローブを緩くはだけさせて、剥き出しになった肩にそっと口づける。

それから、噛みつくように唇にキスされた。

……今日の千尋さんのキスは、あんまり優しくない。

こちらの経験値を無視して、自分のペースで触れては離れを繰り返す。上手（うま）く呼吸ができずに開いた唇から、遠慮なく舌が侵入してきた。

少し甘く感じるのは、さっき飲んだフルーツジュースのせいだろうか。

「ん……」

バスローブはいつの間にかすっかり脱がされていた。

そのことに気を取られる間もなく、千尋さんの舌が私の口内を激しく犯す。

舌で歯列をなぞられた時、ずくりとお腹の奥が疼（うず）いた。

そんな自分の感覚に驚きながら、絡（から）みつく千尋さんの舌に必死になって応（こた）える。

息ができないほどの長いキスで胸が苦しい。けれど、同じくらい気持ちがいい。

だらしなく唾液を零（こぼ）しながら、私は千尋さんのバスローブにしがみつき、夢中でキスに溺（おぼ）れる。私の髪や体を優しく撫でてくれる彼の手も、うっとりするほど気持ちよかった。

「……っあ」

「ほんと、おまえ、キスが下手（へた）だな」

唇を離した千尋さんが笑った。ムッとして下手（へた）で悪かったですね、と言おうとしたら、顎（あご）から首筋に沿って口づけられる。

「下手（へた）なおまえが、めちゃくちゃ可愛い」

首筋を強く吸われて、私は慌てて千尋さんを押し返そうとした。

見えるところにキスマークは困る。

「あの、首に痕はちょっと、見えちゃうので……」

そう言ったら、千尋さんは執拗に私の喉にキスをしてきた。

「や、見え、る」

「痕はつけてない」

喉にキスをされ、舌で舐められているだけなのに、気持ち良くてふわふわしてくる。

喉から鎖骨の下へ移動した唇が、そこをきつく吸い上げた。……あ、これ絶対痕が残った。

千尋さんの手は、私の髪から離れて耳を撫でている。くすぐったくて、身を捩った途端、耳朶を甘く噛まれ体が震えた。

「耳、弱いのか?」

「わから、な……っ」

「瑠依」

耳元で千尋さんに名前を呼ばれる。それすらも気持ちいい。

「何か……力、抜ける……」

感じたままを伝えると、千尋さんは確かめるように私の耳をゆっくり撫でた。

「……っ!」

耳の後ろを少し撫でられただけで、咄嗟に声を上げそうになった。

「嫌か？」

「や、じゃない……ですけど……」

初めての時より丁寧に愛撫されている気がして、何だか落ち着かない。

「あの、あんまり……その、時間かけなくていい……ので」

……恥ずかしすぎて、心身がもちそうにない。

「黙ってろ初心者」

千尋さんの過去に、他にも女の人がいたのはわかってる。だけど……彼の慣れた様子に、無意識に唇を噛んだ。

「……瑠依」

どこか困ったように、千尋さんは私をぎゅっと抱き締めた。

「そんな顔するな」

「……そんな顔って……どんな顔ですか」

私の髪に顔を埋めて、千尋さんは小さく笑った。

「俺の理性をふっ飛ばしそうな顔」

そう甘く囁き、千尋さんの唇が私の耳を軽く食んだ。やわらかな愛撫が、堪らなく気持ちいい。

「瑠依」

私を甘く呼ぶ愛しい声が、耳から入って溶けていく。

……耳から犯されるって、こういうことなんだろうか。

くすぐったくて、震えるくらい怖くて、だけど心地いい。

彼の手が、優しく胸に触れた。胸を押し潰すように指を沈め、弾力を楽しむみたいに、それを繰り返している。

「ちょっと、痛い、です」

私が抗議すると、千尋さんは「ああ」と笑った。

「まだ慣れてないからな……すぐに慣れる」

そう言って千尋さんの大きな手が、私の胸を強く揉みしだいてくる。

「んっ」

痛みと、微かな快感に目を閉じる。耳を嬲っていた唇と舌が離れ、乳房に吸いついた。

時折、ちくりと感じる刺激は、痕が残されているからだろう。千尋さんは、唇と舌で私の乳房を甘く噛んだり吸ったりする。なのに、痛いくらい硬くなった先端には触れない。

ぎりぎりのところを愛撫しながら、絶対に触れようとしなかった。

「……千尋、さん」

……触ってほしいとか言ってもいいんだろうか……わからない。

「どうした?」

こちらを見ずに、千尋さんはもう一方の乳房も愛撫する。

……たぶん彼には、私の言いたいことなどお見通しなのだろう……意地悪だ。

「…………」

自分から触ってくださいなんて言えなくて、私は千尋さんの綺麗な顔に両手を伸ばした。少し硬質な髪が、さらりと指先に触れる。

「瑠依？」

不思議そうに見上げてきた千尋さんの頭を、自分の胸に押しつけた。

「自分だけ楽しむのはやめてください」

ぎゅうっと胸に抱き締めると、千尋さんの両腕が私の肩を掴んだ。そのまま引き離される。

……力では勝てないのが悔しい。

「窒息させる気か!?」

「だって、焦らすなんてひどいです」

すると、千尋さんは一瞬押し黙ったあと、再びキスをしてきた。

「ん……っ」

思わず声が零れた。啄むようなキスは優しいのに、私の官能を煽るように甘い。

「……焦らしてるわけじゃなくて、おまえの感じやすいところを確かめてるんだ」

そう言いながら、彼の唇と手が、私の耳と首筋、鎖骨、腰へと触れた。

そして、千尋さんは乳房への愛撫を再開する。余すところなく口づけたあと、濡れた舌で胸の先端をつついた。

「ぁ、んっ……！」

待ちに待った場所への刺激に、快感がビリビリと背筋を流れる。

千尋さんの唇が先端を含み、舌で舐るように転がす。その度に快感が深くなって、私は声を我慢できなくなっていった。

「あ……っ、ん……っあ」

軽く歯を立てながら擦られると、痛いのに気持ちいい。未知の快感に知らず零れていた涙を、千尋さんの指が拭ってくれた。

舌でつつき、舐め、吸い上げる。もう一方の先端は、指の腹で捏ねられたり、指先で弾かれたりした。リズムを変えて間断なく与えられる刺激に、私の呼吸が乱れていく。

「っ……あ、……っち、……も……！」

言葉にならない声で、もう一方にも唇で触れてほしいとねだると、すぐにその願いが叶えられた。

指で弄られていた乳首がやわらかな唇に包まれ、熱い舌で嬲られる。

気持ちよくて、それだけで達してしまいそうになった。

「あ、やっ……！」

「嫌って。おまえがしてほしいって言ったんだろ」

乳首を口に含んだまま千尋さんが話す。その動きが、更なる快楽を私に与えた。

「嫌ならやめる」

「や、気持ち、い……」

やめないでとねだってしまう私は、もしかして淫乱なのだろうか。

そうこうする間に、千尋さんの指が私の脚の付け根をなぞった。たちまち、ぬるりとした感触が、太腿を伝う。

「や、あ……っ！」

千尋さんは唇と舌で乳首を嬲りつつ、長い指で秘所を撫でていく。どうしようもなく乱れた声が、私の口から溢れ続けた。

「ん、っあ……あ、ん……っ……」

くすぐるように秘裂をなぞっていた指が、溢れた蜜をまとわせながら、私の陰唇を割る。

ゆっくりと何度も隙間を愛撫され、敏感な秘芽を刺激された。

絶え間なく続く優しい愛撫に、快感と物足りなさが私を包んでいく。

千尋さんの唇は胸から腹部を辿り、時々肌に痕を残す。もう一方の手で腰骨のラインを撫でられると、秘所からくぷりと蜜が溢れてきたのがわかった。

「あ、っあ……！」

きゅっと秘芯を押すように刺激され、びくりと腰が跳ねる。

このまま達してしまいたいのに、千尋さんは寸前でそこから手を離してしまう。

潤んだ目で抗議すると、彼は私の脚を大きく開かせた。

「や……！」

部屋の明かりは点けられたままだ。一番見られたくない場所を、彼の目の前に晒していると思うと泣きたくなる。

「……瑠依、香水以外に何かつけてるか？」

千尋さんは、私の秘部を見つめながら聞いてきた。

……保湿用のボディローションとボディクリーム以外はつけてない……と思う。

だけど答える前に、千尋さんの指が中に入ってきて、私は自分でも驚くほど甘ったるい嬌声を上げてしまった。

「お前の匂い、すげえそそる」

「っん……あ、ん……！」

すぐにまた、ずぷり、ともう一本指を挿れられた。痛みもなく受け入れてしまうくらい、私のそこは濡れそぼっているのだろう。

千尋さんの指は、以前見つけた私の気持ちいい部分を的確に探し出し、強弱を変えて何度も押したり擦ったりする。

千尋さんが私の体に触れる度に、全身を快感が支配していった。

「――何か、ケダモノになった気分だ」

ギラギラと欲望を湛えた目で私を見つめる彼が、艶っぽく笑う。

身を屈めた千尋さんが陰芯に口づけ、甘く歯を立てた瞬間――私の意識は真っ白になった。

――ぼうっとした頭に、ゆっくり意識が戻ってきた。

さっきの感覚がまだ残っているのか、何だか体がふわふわする。

「――い。瑠依？　大丈夫か？」

少し心配そうな、聞き慣れた声。甘く響くその声が、とても心地いい。

「千尋さ……もっと、名前呼んで……」

「瑠依？」

無意識に甘えたら、やわらかく名前が呼ばれた。千尋さんの低い声が、とても好きだ。

ぼんやりしたまま目を閉じると、優しいキスが降ってくる。

一度達した体に、再び熱を与えるように、ゆっくりと愛撫が再開された。

濡れた指先で、乳首をくりくりと刺激され、もう一方を唇に含まれる。

私が感じるポイントを知り尽くしている千尋さんは、私の快楽を高めていった。

「っ……ん……っ……」

痛いくらい尖って充血した乳首から指を離し、千尋さんは私の秘所を探った。隠しようもないほど濡れたそこに、再び指が二本、挿れられた。

「ぁ、ん……！」

「痛いか？」

痛いなんて嘘はつけるはずがない。私の中は、千尋さんの指をきゅうっと締めつけていた。

千尋さんが少し指を動かすだけで、奥から蜜が溢れてくる。

彼に乳首を吸い上げられ、秘芯を指でつつかれると、もう駄目だった。

私はもう、甘ったるい声を抑えることができない。

「や、はやく、っあ……！」

千尋さんが欲しいと、ねだってしまう。だけど千尋さんは、じっくりと私の中を掻き回し、いいところを擦ったり、押したりする。気持ちよすぎて、私の腰が勝手に動いてしまう。

すると千尋さんは、中を刺激しながら秘芯に口づけた。何度かキスをして、そっと口に含まれる。

「ぁ、ん……、もうい、い……から……！」

「ん」

千尋さんが小さく頷く動きすら、快感に繋(つな)がる。

私は両手で口を押さえ、必死に喘(あえ)ぎ声を我慢した。

今更かもしれないけど、やっぱり恥ずかしい。

千尋さんは私の秘所から指を抜くと、バスローブを脱いだ。程よく鍛(きた)えられた、筋肉質な体だった。

彼は私の腰を掴(つか)み、何度か昂(たかぶ)りを秘裂に沿わせて蜜を纏(まと)わせる。

「――っ」

前回の挿入時の痛みを思い出し、私はぎゅっと目を閉じた。

「瑠依」

少し乱れた声で呼ばれ、おそるおそる目を開けると、千尋さんの瞳が、欲で濡(ぬ)れている。

「もう避妊とかしないから」

乱暴な口調とは裏腹に、ひどく優しく聞こえた。

――それは私と、本当の夫婦になるということで。

私が頷くと、千尋さんは何度となくキスをくれて、私の体の強張(こわば)りを解(ほど)いていく。

つぷり、と先端が入ってきて、息を呑む。

千尋さんは、ゆるゆると、挿れては抜き、抜いては挿れるを繰り返して、私の体から力が抜けるのを待ってくれた。

膣の入り口をくすぐるような刺激を繰り返され、私の中がねだるように疼いた時——

千尋さんが、一気に奥まで入ってきた。

「ああ……っ！」

前回と違い、痛みはなかった。むしろ、震えるほど気持ちがいい。

千尋さんが動く度に聞こえる淫らな水音が、私の官能をそそる。

ぴったりと触れ合った肌の熱さが愛しかった。

……千尋さんが言っていたとおり、五感すべての感覚が快楽に繋がっていく。

じゅぷ、といやらしい音を立てて、千尋さんが私の一番奥まで腰を進めた。

先端の硬い部分が、私のいいところに当たる。

堪らず、がくがくと震える私の腰をしっかり支えて、千尋さんがゆっくり律動を始めた。

「あ、っあ……、や、……ぁあんっ！」

「瑠依」

耳に直接吹き込まれる甘い声に、脳髄が焼けるような快感が走る。

ゆっくりとした律動に合わせながら、私の内襞は千尋さんにきつく絡みつき奥へ奥へと彼を誘う。

ぐっと深く押し込まれた直後、限界まで引き抜かれた。そして今度は、速く激しく腰を打ちつけてくる。彼の動きに翻弄されながら、私の声も甘い悦びに濡れていく。

「ち、ひろ、さ……っ、あ、あぁ……ん……っ！」

縋るものがなくて、私の手はシーツの上を彷徨う。その手を、千尋さんが掴んだ。

「ん……ぁ、ん、……っあ」

声を上げることに、もう羞恥は感じなかった。

より深く繋がりたくて、自ら腰を揺らす。私の中の千尋さんが、更に大きさを増した気がした。

「瑠、依……っ」

加減を忘れたような彼の動きは、ひたすら気持ちいい。

中を深く抉られ、最奥を突かれ、強すぎる刺激に今にも意識が飛びそうだ。

「あ、……も……や、……駄目、駄目っ……‼」

激しさを増していく動きになす術もなく翻弄される。無意識に逃れようとする私を、千尋さんが強く押さえ込み、めちゃくちゃに突き上げてきた。

私は手を伸ばして、彼にキスをねだる。

すぐに唇が重ねられた。その荒っぽいキスが、堪らなく気持ちいい。

何度もキスをしながら、互いに快楽を貪り合う私達は、本当にケダモノのようだ。

でも、嫌じゃない。だって、相手が千尋さんだから。

――彼だから、私は触れたいし触れてほしい。

キスの合間に私の体中に口づけて、千尋さんが痕を残す。

その微かな痛みも、今は快感でしかない。

私の腰を掴んでいた手に力が入り、律動が一層激しくなる。

無意識に、もっと、とねだる私に、千尋さんが乱れた呼吸で笑った。

――私、どうしようもなく、この人が好きだ。

その心に連動したように、私の内襞が蠢いて千尋さんをきつく締めつける。

「や……あぁぁっ！」

千尋さんが私の中でぐんと大きくなった。彼の硬い部分が中の一番深いところを突いた瞬間、私は達してしまった。

「……っ！」

そして千尋さんは、私の中いっぱいに――溢れるほどの熱を注いだ。

＊＊＊＊

瑠依の呼吸が落ち着き始めたのを確かめて、俺は華奢な体を抱き寄せた。

……できるだけ無心を意識したが、触れ合えばどうしたって反応してしまう。

「瑠依」

「……は、い？」

まだ絶頂の余韻を残したとろりとした声で、瑠依は俺を見上げた。この顔とこの声で名前を呼ばれて――俺の理性は、いつまでもつだろうか。

「今日は、俺の言葉が足りなかった、と思う。悪かった。俺は、おまえのことを考えたつもりで、逆に傷つけてたんだな」

「……」

さらさらした髪を梳きながら、瑠依の顔を見ないように次の言葉を探した。

「これまでに、他の女と何もなかったとは言わない――」

もちろん俺は、瑠依と過去に付き合った女を比べる気はない。優劣もない。ただ俺は瑠依がいい。それだけだ。だが、瑠依が割り切れないのもわかる。

「今の俺は、おまえしか欲しくないし、他の女に興味はない」

なら俺は、瑠依しかいないと伝え続けるしかない。

「……千尋さん……」

瑠依は信じられないと言うように大きな瞳で俺を見つめた。……可愛い。

「千尋さんって、すごくセレブですっごい美形なのに、女の趣味が悪いですよ……」

心底呆れたように言われた。そんな瑠依が、堪らなく愛おしい。

「俺は——おまえだから好きなんだよ。よって、俺の女の趣味は悪くない」

「そんな、必死にならなくても」

そう言いながら、瑠依は照れたように視線を逸らす。

「——瑠依。おまえも、俺が好きだって言ったな？」

「好きです」

迷いも躊躇いもなく、瑠依はきっぱり言った。言葉は端的だが、耳からうなじまで真っ赤になっているのが可愛い。

「……ただ、千尋さんがどうして私を好きになってくれたのかわかりません」

どうして、か——思えば、最初から瑠依のことは気に入っていたと思う。じゃなかったら、契約結婚なんて面倒なこと、頼んだりしなかっただろう。

瑠依をいつ好きになったのか、正直よくわからない。ただ、気づいた時には好きだった。俺はもう、傍に瑠依がいないことに耐えられない。

そんなことを考えていると、瑠依がしみじみとした様子で呟いた。

「優しくされた私がうっかり千尋さんを好きになっちゃうのはわかるんですけど、千尋さんが私を好きになる理由が思い当たらなくて」

「俺に惚れたことをうっかりとか言うな。——理由もないのにおまえに惚れた俺の方が純愛だと思っとけ」

「誰の何がどうしたら純愛になるのか、一度話し合いましょう」

納得できないとばかりに訴えるから、瑠依は馬鹿で可愛い。

「おまえはほんとに可愛いな」

そう言った途端、再び瑠依の頬が赤く染まった。「誤魔化されませんからね」と呟いているが、その様子がもう可愛い。

俺も大概、語彙がなさすぎるが、仕方ない。瑠依は可愛い。

好きだから可愛いと思うのか、可愛いから好きなのかはわからない。

瑠依が瑠依なら、俺はそれだけで惹かれるのだ。

「……私だって、千尋さんのことが好きですからね」

ぎゅっと俺の体に抱きついて、ぽつりと言った。

「……好きだから、私が千尋さんの過去に嫉妬しても嫌わないでください」

「嫌ったりしない。――俺も、おまえの男関係にはこれからも嫉妬するから」

「……私の男性関係は今までもこれからも真っ白です――千尋さん以外は」

「瑠依」

名前を呼ぶと、瑠依は俺の言葉を待つように見上げてきた。可愛いが、理性が飛びそうになるからやめろ。

「おまえに嫉妬されるのは、かなり嬉しい」

傷つけたくないんだが……どうすればいいんだ、この矛盾を。

「私は……嫉妬するのは嫌です……でも」

そう言ったあと、瑠依は甘えるように俺の首に腕を絡めてきた。

「千尋さんにくっつく理由ができるなら、それでもいいです」

「……おまえ、絶対誘ってるよな」

それには答えずに悪戯っぽく笑った瑠依は、悪女だと思う。……わかっていて堕ちる俺も俺だが。

——結局、瑠依が『もう無理です』と泣いて限界を訴えても、離してやらなかった。

俺は、瑠依に関しては我慢ができないらしい。

7

千尋さんと想いが通じ合って、正真正銘の夫婦になった。

彼と話し合った結果、倉林さんに私が結婚していること、その相手が千尋さんであることを話すと決めた。あとはどのタイミングで倉林さんに切り出すかだけど——なかなか言い出せずにいた私を、ゆりなさんが助けてくれた。

日曜日、三人で一緒にランチに出かけないかと誘ってくれたのだ。

話す切っ掛けを探していた私には、ありがたい提案だった。

人気のカフェで女子会ということになったのだけれど、土地勘のない私を、ゆりなさんが迎えに来てくれた。ちなみに、千尋さんは大切な仕事がある為、日曜の今日も仕事に出かけた。

出かける前、迎えに来たゆりなさんを見て、『絶対にゆりなと二人きりになるな』と言い残して行った。聡美さんは性格的に時間より早く来るから、彼女と落ち合うまでは我慢するらしい。私の夫は心が狭い。

「──あの珈櫻会で洗礼を受けなかったなんて、すごいわよ瑠依さん。奇跡だわ」

私は、アイスティーを飲みながら、尋ねられるままに珈櫻会でのことを話した。何故ゆりなさんが珈櫻会のパーティーでのことを知っているのかと不思議に思ったが、お義父さまこと八雲会長から聞いたらしい。

「話せば、皆さんとても優しかったですよ」

「ないわー。瑠依さん、それはないわー。これまで一体何人の新妻が、あのご婦人方に泣かされたと思ってるの」

そうかな。恭子おばさま達は優しいというか、かなり可愛い方達なのだけれど。

「もしかしたら、『八雲家の嫁』に色々聞かれるのが嬉しいのかも」

「あー、わかる、それ。しかも千尋くん、お母様が更科家のお嬢様だもんね。八雲家、更科家共に、珈櫻会屈指の名門よ。その嫁が自分達に素直に教えを請う……あー、あの方々の自尊心は超満足！　だわー」

　納得した！　と笑うゆりなさんだけど、逆に私は不安になった。

「教えを請うってまずかったですか？」

「いいんじゃない？　そもそも千尋くんが、相手が誰であっても、必要があれば土下座でも何でもする人だから。むしろよくやったと思ってるわよ。旦那様も、さすがに自分から頭を下げたりしないけど、息子や嫁がする分には何とも思わない人よ」

　ゆりなさんはうんうんと頷いている。……よかった、問題なかったみたい。

「でも、まあ、それだけ気に入られたなら、こっちから遊んでくださいのお誘いをしておいた方がいいかもね」

「はい。近いうちにとお約束してます」

　私の言葉に、ゆりなさんは同情と好奇心が混ざった表情になる。

「プライベートの連絡先、交換させられたの？」

「はい。本当はその場にいた全員と交換させられそうだったんですけど、恭子おばさま、綾乃おばさま、それから沙弥子おばさまが『私達が代表します』とおっしゃってくれて……。なので、まずはその方々と」

「……桐生と御堂と栗花落……珈櫻会の三婆……もとい、今の婦人方の最重鎮よ、瑠依さん」

ゆりなさんは『えらい』と褒めてくれた。千尋さんにも褒められたので、あの御三方はそれくらい無視してはいけない人ということだ。

「よし、そろそろさっちゃんと合流して、おいしいもの食べながら親睦を深めましょ！」

「はい」

――千尋さんが昨日言っていた『ゆりなは女子会で浮かれる年じゃないだろうが』という一言は、伝えずにおこう。


「さっちゃん」

ゆりなさんが声をかけた先には、腕時計を見ている倉林さんがいた。

涼しげな水色の上品なアンサンブルが、よく似合っている。ゆりなさんはVネックの紺のトップスと白のパンツスタイル。私は白のブラウスにラベンダー色のレーススカートを着ていて、見事に三者三様だ。

「こんにちは、朝香さん。私服は初めて見るけど、すっごく可愛いわ」

「ありがとうございます。倉林さんも素敵ですね」

「ちょっと若いかなーと思ったんだけど、朝香さんに合わせてみたの」

そう言って、にっこり微笑んだ倉林さんは、普段はひとつにまとめている長い髪を大人っぽく結い上げていた。……綺麗というより、すごく色っぽい。

「さっちゃん、あたしは?」

「あー、可愛い可愛い」

「何、その適当な返事……あーもう、いいわ。あたし、今日は瑠依さんの分しか奢らないから」

「ゆりなちゃん。そういうこと言うと、次からは一緒に行かないわよ。奢られるってわかったら、お誘いを受けにくくなるでしょ」

倉林さんの言葉に頷くと、ゆりなさんが口を尖らせた。

「次があるなら、まずは二人とも下の名前で呼んだらどうなの。すっごい他人行儀だわ──他人だけど」

「私はいいけど。朝香さんは?　嫌じゃない?」

「嫌じゃないです」

「じゃあ、瑠依ちゃんって呼んでいい?」

「はい。……聡美さん」

──何だかんだで、私と聡美さんはお互いに下の名前で呼ぶことになり、今日の支払いはゆりなさん持ちと決定した。

「まずはランチよランチ。ちょっと前からランチを狙ってたお店があるのよ」

「ゆりなちゃんも初めて行くの？」

「ランチはね。夜に何度か行ったことがあって。そこ、ランチもおいしいって聞いたから」

「また一人で飲んでたの？」

「……どうして一人酒だって断定するのよ……！」

拗ねたようなゆりなさんに、聡美さんはあっさり言った。

「だってゆりなちゃんの趣味ややこしいから。外見は女の子なのに、男と付き合うのは嫌なんでしょ。その格好のゆりなちゃんを口説いてくれる女の子なんて、そうはいないわよ」

遠慮のない言葉。つまり、それだけ二人は仲がいいのだろう。ちょっと羨ましい。

「ふっ……さっちゃんは相変わらずキツいわね……」

「事実を言っただけよ。で、瑠依ちゃんはタイプなの？」

「まあね。でも、さすがに人妻だから口説けな――……」

流れるように、そう言って――ゆりなさんは『やっちゃった』という顔で私を見た。

この様子からして、わざとではないだろう……ただ、いきなりすぎて、私も心の準備が追いつかない。

「瑠依ちゃん、結婚してたの？」

聡美さんが、驚いた顔で問いかけてきた。

「じ、実は、そうなんです。黙っててすみません」

何とか返事をすると、聡美さんは私とゆりなさんを見て——ああ、と意味深に笑った。

「もしかして、旦那様は八雲千尋っていう人かしら？」

「っ」

息を呑んだ私に、聡美さんはいつもと同じ、穏やかで優しい笑みを向けた。

「さ、さっちゃん、どうして……？」

「だって、二人が私に隠す相手って、千尋しかいないじゃない。……ここで話すことじゃないわね。ゆりなちゃん、お勧めのお店って、個室ある？　予約してほしいの」

「いやー、当日飛び込みで取れるかなあ……」

「じゃあ、私のお勧めでいい？　代わりに、今日は私が奢(おご)るから」

「……はい……」

ゆりなさんはあえなく撃沈し、私は覚悟を決めた。

……何をどう話せばいいのかわからないけども！

強張(こわば)った笑みで考え込んでいたら、聡美さんにがっちりと腕を組まれた。

「行きましょ、瑠依ちゃん。ゆりなちゃんは来ても来なくてもいいわよ」

「あ、じゃああたし、ランチに一人で行ってきます！　じゃあね瑠依さん、また明日！」

ゆりなさんは何の躊躇いもなく、私を置いて逃げた。あのヒールでよくそんなに速く……と思うくらいのスピードだった。

「大丈夫よ、瑠依ちゃん。取って食べたりしないから」

ふふ、と笑う聡美さんは、とても……綺麗でした。

聡美さんに連れて行かれたのは、スペインバルだった。

明るい店内に入るなり、店員さんが声をかけてくる。

「こんにちは、いらっしゃいませ。珍しいですね、倉林さんが昼間にいらっしゃるのは」

「うん、同僚と女子会なの。個室は空いてるかしら。駄目なら他を当たるけど」

「空いていますよ。どうぞ、ご案内します」

店員さんに案内された先は、南欧らしい雰囲気の部屋だった。四人掛けのテーブルと椅子が中央に配置され、飾り棚にはアンティークの食器が置かれている。

「瑠依ちゃん、食べられないものはある？」

「い、いえ。特にありません」

「私、最近、アンダルシア料理にハマってるの。――じゃあ、アンダルシアをメインで、お魚がいいわ。前菜とスープとパンはお任せ。あとはトレベレスのハモン・セラーノ――

今日はイベリコもあるの？　じゃあそっちで。昼間だからお酒はいいわ。デザートはクレマ・カタラーナ。飲み物はオルチャータで」

すらすらと聡美さんが料理のオーダーを終えて、店員さんが退室した。

私は改めて、向かいの席に座る聡美さんに頭を下げる。

「……朝香ではなく八雲瑠依……です。黙っていて申し訳ありま……」

千尋さんとの結婚を黙っていたことを詫びようとしたら、聡美さんに遮られた。

「瑠依ちゃん」

「はい……」

顔を伏せたままの私に、聡美さんは優しく言葉を続けた。

「誤解されたくないから先に言っておくけど……私、千尋のことは未だにしつこく好きだけど、瑠依ちゃんとは、できれば友達になりたいと思ってるの。だから、千尋と結婚してるからって、いじめたりしないわよ？」

「え」

私が顔を上げると、聡美さんは困ったような、笑いを堪えているような、複雑な顔をした。

「……ゆりなちゃんも千尋も、私のこと何だと思ってるのかしら」

あと兄さんもかなと呟いて、聡美さんは綺麗に手入れされた指先で私の額をつん、とつついた。

「私が千尋を好きなことと、千尋が瑠依ちゃんと結婚したことは関係ないわ。そのことについて、私が何か文句を言ったりすることはない。そんな資格ないでしょ、付き合っていたわけでもないのに」

「でも……離婚したのは、千尋さんが原因だって……」

言いにくいことだけど、そう口にした私に、聡美さんは、ああ、と頷いた。

「それね。それなのよ。別れた夫がね、私が千尋を好きだったことをしつこくねちねち根に持ってたのよね。私は『私が好きな人より、私を好きな人がいい』と思って、夫と結婚したの。夫婦として過ごすうちに、夫が一番になるだろうとも考えていたわ」

聡美さんが溜息を零した時、前菜が運ばれてきた。

スープはガスパチョで、野菜たっぷりのサラダはモロッコ風らしい。スペイン料理なのにモロッコ？　と思ったら、アンダルシアはモロッコに近い場所だという。

「瑠依ちゃん、まずは食べましょ食べましょ」

話を一時中断して、食事を始める。

スペイン料理はパエリアくらいしか知らない私に、聡美さんが色々説明してくれた。大きなロブスターや魚の揚げ物、世界一と言われている生ハム。どれもおいしい。残るはデザートと飲み物というところで、聡美さんが話を再開した。

「で、どこまで話したかしら……あ、離婚の話か。まあ、それなりに上手くいってると、私は思ってたの。でも、夫は違ったみたい」

オルチャータという、タイガーナッツを主原料としたミルクのような甘い飲み物を一口飲んで、聡美さんは言葉を続けた。

「結婚する前は『君が八雲さんを好きでもいい』とか言ったくせにね。何かある度に、自分と千尋を比較するようになって、勝手に自分を卑下して……『八雲さんに比べたら僕なんて』って言うの」

過去を思い出したのか、聡美さんは苦く笑ってグラスを見つめている。

「私も私で『そんなことない』って言えなかった。だって嘘だもの。千尋より上な男、私は知らないしね、悔しいことに」

「……そうですね、千尋さん、優しいですし……」

俺様だし我儘だけど、いつだって、こちらの気持ちを考えてくれる。

「あ、瑠依ちゃんには優しいのね。よかった。あいつ、ちゃんと好きな子に優しくできてるのね」

聡美さんは、安心したように微笑んだ。そしてどことなく淋しげに続けた。

「結局、夫はずっと千尋へのコンプレックスを捨てられなくて、拗らせて。そんな夫に、私も『千尋を好きなままでもいいって言ったくせに』って反発しちゃって――もう悪循環よ」

だから終わらせたのだと、聡美さんは言った。

「私のせいで夫を傷つけるのも疲れたし、夫も……疲れてたんでしょうね。幸い子供はいなかったから、話し合って円満に離婚成立よ」

「そうだったんですね……」

「……たぶん、私の兄——千尋の秘書をやってるんだけど。兄さんやゆりなちゃんが、私の離婚で千尋を責めたんでしょ。馬鹿なのよ、あの二人。千尋には何の責任もないのにね」

私に向かって、聡美さんは楽しそうに笑った。

「千尋のことは、未だに好きだけど。でも、もうすっぱり諦められるわ」

「……そんなに簡単に、割り切れるものなんですか？」

恋愛経験皆無(かいむ)の私には、それが聡美さんの本心なのか、強がりなのかわからない。

「こら、正妻。相手にもされなかった可哀想な女に同情するんじゃありません」

「すみませ……」

謝りかけた私を、聡美さんが慌てて止める。

「やだ、ごめん、冗談よ。——ほんとに、もういいのよ。千尋のことは」

「でも、ずっと好きだったたって聞きました。幼馴染(おさななじみ)で、小さい頃からずっと好きでって……」

「ちょ……どこまで私の黒歴史(プライバシー)をばらしてるのよ」

あとでシメると毒づいた聡美さんは、デザートのカタラーナを口にして幸せそうだ。

「それに私、千尋には完膚(かんぷ)なきまでに振られてるから」

返す言葉が見つからない私に、聡美さんが悪戯(いたずら)っぽく笑った。

「二十歳の時にね……勝負に出たの。私なりにすっごく考えたのよ。バレンタインに、小田原のちょっと辺鄙(へんぴ)なところに、超おいしい大福のお店があるから一緒に行かないかって」

「バレンタインに大福ですか？」

「……普通にチョコ渡しても受け取らないのはわかってたから。苑子さんの好物で釣ったの……」

「受け取らない？」

「千尋は、私の気持ちを知ってるから絶対に受け取らない。高校の時だったかしら、『本命チョコとかクソ重いんだよ、いらねえ』って言われたわ」

そんな経験を重ねた結果、聡美さんは、苑子さんの好物である大福を買う為なら千尋さんはデートをＯＫすると踏んだらしい。

「で、当日、目的地辺りでガス欠になるように、車に小細工(こざいく)したの」

「ドラマですか!?」

「ふふ、それを狙ったのよ。ホテルでも旅館でもいいから、迫って既成事実作ってやろうと思ったの」

そこで聡美さんは、「素面じゃやってられないわ、お酒飲んでいい？」と言って、店員さんを呼んでお酒を選び、さりげなく私の分もオーダーした。

「お店に着いたタイミングで狙い通りガス欠になって、仕方ないから今日は近くのホテルにでも泊まらないかって言ったのよ。バレンタインよ、告白する日よ？　女にここまで言わせたんだから、男としても何かあるでしょ」

「……千尋さんなら『知るか』って言いそうです」

何となく想像がついて、そう呟いた私に、聡美さんは深々と頷いた。

「そう！　あいつ『知るか、俺は大福を買ったら帰る』って言ったのよ！」

「帰りの車は？　ガス欠だったんですよね？」

「私のミスはそこよ。『帰りの足がないなら、千尋も受け入れるはず』と思ってたの……」

ふっと自嘲するように遠い目になって、聡美さんはアンティークの花瓶に視線を向けた。いつの間にか、彼女の雰囲気がやさぐれている。

「……まさか、その場でディーラーに電話して車を買うなんて思わないじゃない！　あいつは、買った車を持って来させて、それを運転して帰ったのよ……私を置いて!!」

「ああ……私、ヘリでも呼んだのかと」

「ヘリを呼ぶにはちょっと無理がある場所だったから。その辺も考えたの。それに、千尋は免許持ってないと思ってたの、高校までは留学とか色々してたし。だけどあいつ、私が誘ったあと、苑子さんに大福を持っていく為だけに免許取ってやがったのよ……」

「……大福の為に」

何というか……千尋さんが苑子さんをすごく大切にしているのはわかった。

「最初から、私はお店までの案内係にすぎなかったってわけ」

……どうしよう、千尋さんをフォローする言葉が見つからない。

「大福を買った時点で私は用済み。別れ際に、あいつ、なんて言ったと思う？　『ガス欠ならロードサービスでガソリンを運んでもらえ。おまえは東京に帰るなり泊まるなり好きにしろ。俺は苑のとこに行く。大福の賞味期限が今日までだからな』って」

千尋さんの徹底した態度が、いっそ清々しい。

「更に『おまえと同じところに泊まろうものなら、既成事実を作られてアウトだろ。誰が引っかかるか』とのお言葉もいただきました。十年近く経ったけど、一言一句覚えてるわよ」

「わあ、最低」

……どうしてあの人が好きなんだろう、私達。

「ねー、瑠依ちゃん」

「はい？」

「……千尋のこと、幸せにしてやってね……って、ごめんね。私がこんなこと瑠依ちゃんに頼むなんて、おかしいし、そんな筋合いないのはわかってるんだけど」

グラスの中の氷を転がしながら、聡美さんは呟いた。

やさぐれた雰囲気はなくなって、静かで優しい視線を私に向ける。

「好きな人には幸せになってもらいたいじゃない。自己満足だけど」

「……はい」

……うん。私も、千尋さんには幸せになってほしいし、幸せだと思ってほしい。

「失恋したけど、千尋を好きになったことは後悔してないの。完全に吹っ切るには、もうちょっと時間がかかりそうだけど……千尋が選んだのが瑠依ちゃんでよかった。ちゃんと女を見る目あるじゃないって思った」

「え？」

「千尋の奥さんが瑠依ちゃんで、嬉しいの」

デザートとお酒を楽しみながら、聡美さんはほろ酔いの笑顔でそう言った。

＊＊＊＊

その日、瑠依が帰宅したのは、二十時近かった。

女子会のランチにしては遅いと思っていたら、ゆりなから『さっちゃんにバレて、瑠依さん連れてかれちゃった。あたし逃亡中だから詳細は不明』と連絡が来た。

当然電話しまくったが、ゆりなの奴、電源を切ってやがった。

瑠依にも連絡したが、何度かけても繋がらなかった。おそらく、スマホを見ていないのだろう。

聡美の性格上、瑠依に何かすることはないだろうが……それでも心配になるのは仕方がない。

スマホ片手に、落ち着かない時間を過ごしていたところに、上機嫌の瑠依が帰って来た。

「ただいま戻りました」

いつもより明るい声がして、微かに酒の匂いが漂ってくる。

「お帰り。飲んできたのか？」

「はい。聡美さんと盛り上がっちゃって。すみません、すぐに夕飯作りますね」

そう言ってダイニングに行こうとする瑠依を止める。

「俺は適当に作るからいい。おまえはシャワーでも浴びてこい」

「でも……」

「明日は仕事だろ？　夕飯は大丈夫だから」

瑠依は申し訳なさそうにしながら、よろよろとバスルームに向かった。

俺は冷凍室から瑠依が作り置きしている煮込みハンバーグを取り出し、レンジにかける。あとは冷蔵庫のありあわせで夕飯を済ませた。

しばらくして、シャワーを終えた瑠依が、淡いアクアブルーのナイトガウン一枚の姿で戻ってくる。

「バスローブじゃないのは珍しいな」

「だってこれ、一着十五万円もするんですよ！　なのに、夏用だから次のシーズンには処分するって夏来さんが言うんだもの。着ないともったいないじゃないですか」

他にも何着もあると、湯上がりで桜色の頬をした瑠依は、いつもより赤い唇を尖らせた。

……誘ってんのか。

気持ちを逸らす為に、俺は気になっていたことを尋ねた。

「聡美にバレたって聞いた」

「バレましたよ。ゆりなさんが、人妻だから私を口説けないって、うっかり口を滑らせちゃって」

「詳しく言え」

「それで、聡美さんが『二人が私に隠す相手って、千尋しかいないじゃない』って。……

本当に勘がいいですね、聡美さん」

そう、聡美は勘がいい。が、俺が聞きたいのはそこじゃない。

俺は、冷蔵庫から取り出したベリージュース——瑠依は最近これが気に入っている——を薄いカッティンググラスに注いでやりながら、ストレートに聞いた。

「おまえ、ゆりなに口説かれたのか」

「……話、聞いてました？　口説けないって言われたんですよ？」

「つまり口説く意思があったと、あいつは言ったわけだな」

俺が渡したグラスに口をつけながら、瑠依はきょとんとした瞳を向けてくる。

……可愛い。が、それに気を取られているわけにはいかない。

だから、ゆりな——和威に瑠依を会わせるのは抵抗があったんだ。

兄弟のように育ったせいか、俺と和威は、基本好みが似ている。俺が瑠依を好ましく思うように、和威もそう思う可能性は高い。

「ゆりなさんは、人妻は口説かないそうですよ」

「……信用できるか」

「ゆりなさんを？　それとも私を？」

和威はともかく、瑠依は——律儀で真面目だから、不倫なんてしないのはわかっている。

だが俺は、瑠依が他の男に口説かれるのすら我慢できない。

「おまえのことは信用してる。だが……おまえが男に囲まれて仕事しているのは、正直、気に入らない。つまり嫉妬してる。悪いな、心が狭くて」

「可愛いので気にしません。あと、聡美さんは女性です」

「男に可愛いとか言うんじゃない、襲うぞ。――それはともかく、俺におまえの交遊関係に口を出す権利はないんだが」

それくらいわかってはいるが、感情に折り合いがつけられないくらいには瑠依が好きなのだ。

「権利ならありますよ？　千尋さんは、私の夫でしょう。だから、嫌なことは嫌だって言っていいんです」

瑠依は、あっさりと俺の我儘を受け入れた。当たり前のように、ごく自然に。

「私がそれを受け入れるかどうかはわかりません。でも、嫌なことは嫌だと言ってほしいです。私は千尋さんの気持ちをちゃんと受け止めたいから」

「……おまえの仕事を邪魔する気はない。けど、苛々する」

「千尋さんはほんとに我儘ですね！」

笑って、瑠依は俺に抱きついてきた。やわらかいものが背中に当たって色々困る。

「いいですよ、何でも我儘言ってください。全部叶えてはあげられないかもしれないけど、私は千尋さんが好きだから、できることは頑張ります。――まずは、職場の男性とはランチに出かけません。聡美さんが一緒の時だけにします」

「つまり、すでに誘われてるんだな」

「細かいことは気にしないでください」

「……いい大人が、嫉妬とか束縛ってうざいだろ」

くすくすと忍び笑う声が、背中にくっついた瑠依の唇から漏れている。

「平気です。聡美さんへの超ひどい仕打ちを聞いても千尋さんのこと好きですから。大丈夫です」

「あれはだな」

「バレンタインの仕打ちは鬼ですよね……」

「……聡美の気持ちに応える気はなかったからな。あれくらいすれば、あいつも吹っ切れるだろ。聡美は幼馴染で、俺なりに友情はあったし」

瑠依は、俺に抱きついたまま、前に移動してきた。そして、小さい声で「私に焼きもち焼かせてどうするんですか……」と呟いた。

……いつになく素直だ。というより素直すぎる。

「――だから私は、千尋さんを大切にします」

えへへと笑いながら、甘えるように頬をすり寄せてくる瑠依が、どうしようもなく可愛い。

そして俺は、薄いナイトガウン一枚しか身につけていない、甘い匂いのする体を押しつけられて平気でいられるほど聖人君子(せいじんくんし)ではなかった。

「瑠依」

彼女の背に手を回し、そっと抱き締めた。

やわらかな体が、俺を包み込むように抱き返してくる。

「大好きです。普段あまり言わないから言いますね、千尋さん大好きです。……千尋さんのいない生活、想像したくないくらい好きですよ」

……何だこの可愛く甘えてくる瑠依は。いや、瑠依はいつだって可愛いんだが。人に甘えるのが苦手な彼女が、自然に俺に甘えてくる様子に驚く。

「……俺だって、おまえがいない生活は耐えられないし耐える気はない。何があっても、絶対に離さないくらい、おまえを愛してる」

思いを言葉にするのは照れるが、俺は自分の感情に素直になることにした。

「……キスしてくださいって言ったら、困る……？」

見上げてくる瞳は潤(うる)んでいて、誘われていると判断した。

瑠依がねだるままに唇を合わせ、ナイトガウンを押し上げている豊満な胸元に手を這(は)わせ――

「――おまえ、どれだけ飲んだんだ!?」

思った以上にアルコールの匂いを感じる。怒鳴った俺に、瑠依はにこにこ笑った。

「ブランデーとシェリー酒と、あとオルホっていうお酒だけですよー」

「馬鹿か、オルホのアルコール度数は四十だぞ！」

「えー、でもおいしかったです！　また飲みたい！」

「おまえはもう外で酒を飲むな！」

よく急性アルコール中毒にならなかったものだ。

ほろ酔いかと思っていたが、かなり酔っ払っている。シャワーを浴びたことで、一気に酒が回ったのかもしれない。

失敗した。こんなことなら、シャワーは明日の朝にさせるんだった。

「聡美に付き合って飲むな、あいつはザルというよりワクだ」

真顔で『果物って酒になる為に存在してるんだと思う』と言った女だ。

自分の基準で飲ませるなと釘を刺すべく、瑠依のスマホを取り出した。が、瑠依は猫のように甘えて俺の理性を削ってくる。

酔っ払いには手を出せないのをいいことに、ソファーに座った俺の膝に座りぎゅっと抱きついてきた。更に甘えるみたいに顔をすり寄せてくる。

……挑発されているとしか思えない。

だがこれは、ただの酔っ払いだ——落ち着け俺。

「ねー千尋さん」

「黙って寝ろ、酔っ払い」

離れろとは言えないし言いたくないのは、惚れた弱みか。

「私ね、千尋さんにはいっぱい感謝してるんです。おばあちゃんのことも、仕事のことも」

「はいはい」

俺は諦めて、理性を保つことに集中する。

「――人を好きになることを教えてくれて、ありがとうございます……」

「……お互い様だ」

「あー、照れてる。目元赤いですよ、耳も赤い。やだ、可愛いー。あはは、二十七にもなって、こんな小娘にいいようにされてるー」

……この酔っ払いを襲っても、許される気がした。

その翌日。

社長室で書類の確認を一区切りさせた俺が、コーヒーを飲もうと立ち上がった時――

鳴沢が駆け込んできた。

「社長!」

「休憩中だ、俺が何しようと勝手だろ」

サボったと文句を言われる前にきっぱり主張した俺に、鳴沢は息を整えながら頷いた。

「勝手です、奥様と乳繰り合うなり何なり好きになさってください」

「会社でそんなことするか馬鹿!」

「ですが今日は我慢を。——駒野氏とのアポが取れました」

「……取れたのか?」

「はい。今日の十八時に、神楽坂の料亭でと連絡がありました」

「一対一か?」

「こちらからは社長と私、あちらは駒野氏と顧問弁護士です。必要ならこちらの弁護士も同席してほしいと」

弁護士同席——つまり、あちらには話を進める気があるということだ。

「わかった。俺の予定は調整できるか?」

「もちろん、調整いたします。後ほど、調整したスケジュールをお持ちします」

「頼む」

俺が頷くと、鳴沢はすぐに駒野氏の弁護士に会食を受けると連絡し、スケジュールの調整に走った。その間に、俺は瑠依に『今日は夕食はいらない。帰りも遅くなりそうだから先に寝てろ』と連絡した。

だが——瑠依からの返信はなかった。

＊＊＊＊

私が働き始めて、そろそろ二ヶ月経つ。

子供達にとって、私はすっかり『るいちゃん』という友達ポジションになっていた。

嫌われるよりは余程いいが、注意してもなかなか聞いてくれないのは、ちょっと困る。

「るいちゃん」

「なあに、隆太くん」

四歳の隆太くんは、元気のいい明るい男の子だ。今はお昼寝の時間で他の子達は大人しく寝てるけど、隆太くんは朝から軽い興奮状態で、ちっとも眠ろうとしない。

「これ読んで」

差し出されたのは、童話の絵本。……でも、『シンデレラ』とは珍しい。隆太くんは、桃太郎が好きなのに。

「桃太郎じゃなくていいの？」

「うん。あのね、いもうとがうまれたんだ。まだびょういんだけど、どようびにはかえってくるって。だから、えほん読んであげるの」

まだ上手く読めないから、練習したいらしい。

……少し恥ずかしそうに教えてくれるのが可愛い。

「いいよ。じゃあ、はい、座って」

「うん」

ぴとっと私の隣に座った隆太くんに、ゆっくりと『シンデレラ』を読み聞かせる。

「――そして、シンデレラは王子様と幸せに暮らしました。おしまい」

「くつがないと、じぶんのすきな子もわかんなかったの、このおうじさま?」

馬鹿じゃね？　という顔で見上げてくる隆太くん。

……さて、どう答えればいいのだろう。

「シンデレラは逃げちゃったから、探すのが大変だったんだよ」

私が捻り出した答えに、隆太くんは首を傾げている。

「なまえもきいてないの？　どうして？」

「踊るのに一生懸命だったんじゃないかな」

「おうじさまなのに、おどりがへたなの？」

子供の素朴な疑問は尽きない。そして夢を壊す答えは言えない。

「それに、シンデレラをいじめてたママハハとおねーちゃんはどうなったの？」

さすがに、悲惨な目に遭う本家版の結末は、幼児には言えない。

……子供は夢を見て大きくなるのだから。

「どうなったんだろうねえ。私も知らないなあ」

「しかたないな、るいちゃんは！　おとななのに！」

ふんぞり返った隆太くんに、私は何も言い返せない。言い返してはいけない。大人だから。

「大人だから何でも知ってるわけじゃないんだよ。調べてくるから、待っててくれる？」

「うん。じゃあ、こんどはおれが読むから、るいちゃん、きいててね」

たどたどしく読み始めた隆太くんの背中をぽんぽんと叩いていたら、眠くなったのか、絵本を読む声が途切れがちになってきた。

「隆太くん。みんなと一緒にお昼寝しようか？」

「……でも、そしたらるいちゃん、かえっちゃう」

「え」

「るいちゃん、いつもさんじでかえっちゃうでしょ？　だから……」

少しぐずるように呟いた言葉。私は目を擦っている隆太君を抱き上げた。

「ごめんね、続きは明日聞かせてね。楽しみにしてるから。さ、お昼寝したら、パパがお迎えに来てくれるんでしょ？」

「うん……」

子供達が眠っているお昼寝スペースに移動すると、様子を見ていたゆりなさんが、隆太くんのお布団を敷いてくれた。寝かせると、すぐにすやすやと寝息が聞こえてきた。

「……おやすみなさい」

起こさないように小さく声をかけて、私はそっとその場を離れた。

遊戯スペースに座り込んで、お昼寝中の子供達を見つめていたら、ゆりなさんがトンと私の肩を叩く。

「そろそろ、フルタイムをお願いした方がいいかな」

「そうですね……このまま帰るのは忍びないです」

「瑠依さんは、子供達に懐かれてるから」

「女の子達には、完全に妹認定されてますけどね……」

子供達との鬼ごっこ中に『るいちゃんをいじめちゃだめ！　あたし達が守ってあげるから、るいちゃん、泣かないの』と、庇ってくれたのだ。私は泣いてはいなかったのだけど、その『守ってあげる』発言が可愛くて仕方なかった。

「いつからフルタイムになれる？」

「千尋さんの許可が出るなら明日からでも」

「そこが難関よねー、千尋くん、瑠依さんのこと大好きだもの。ほんと、溺愛してるわよね――けっ、純情ぶりやがって。言ってて鳥肌立ったわ」

低く毒づいた直後、ゆりなさんは天使のような笑みを浮かべる。

……その二面性は相変わらずすごい。

「ま、瑠依さんがお願いしたら聞き入れるでしょ。奴が頷くまでねだり倒してね、瑠依さん」

冗談ぽい口調で本気の目を向けてきたゆりなさんに気圧されていたら、聡美さんが休憩から戻ってきた。

「ただいまー」

「お帰りなさい、聡美さん」

挨拶して、私は立ち上がった。ゆりなさんが聡美さんに一連の事情を話すと、聡美さんは「千尋が許可するわけない、文句言ってくるに一万円」と言った。

「さっちゃん……成立しない賭けを持ち込まないで」

「ゆりなちゃん。男でしょ、大穴狙いなさいよ」

「嫌よ！　都合のいい時だけ男扱いしないでくれる!?」

「じゃあ和威」

「その名前で呼ぶなっつってんのよ！　母さんすら、ここ五年は呼ばなくなってるのに！」

「苑子さんって大物よね……あの千尋を育てた上、実の息子が女装しようと男装しようとまったく気にしないんだもの」

……幼馴染二人が仲良く言い争っている。微笑ましい。

「あ、ごめんなさい瑠依ちゃん、もう時間よね。お疲れ様」

「はい。じゃあお先に失礼します」

「瑠依さん、何とか千尋くんを説得してね！」

「色仕掛けなら効くと思うわ。露骨な色仕掛けでもたぶん平気よ、あいつ瑠依ちゃんの据え膳なら絶対食べるから」

「さっちゃん……ほんとに割り切ったわね……」

遠い目になったゆりなさんに、私も心から同意する。

「千尋さんの許可が出たら連絡します。出してもらえるように努力します」

「お願いね、瑠依さん」

「頑張ってね。——間違っても子供達に嫉妬すんなって言っといて」

さすがにそれはないと思う。私は二人に会釈して、託児ルームから出た。

「うーん、どうやって切り出そうかな……」

更衣室で着替えてから、エレベーターを待つ。……珍しいことに、なかなか来ない。

——階段にしよう。今日は買い物もしたいし、時間が惜しい。

託児所のある五階からなら、エレベーターを待っているより階段の方が早そうだ。そう判断し、非常階段を下りていた時——

上から駆け下りてきた誰かの荷物が肩に当たった。少しヒールのあるパンプスを履いていたせいか、私はバランスを崩してしまう。

「あ、ごめ」

若い男の人の声が聞こえたのと、私の体が傾いたのはほぼ同時だった。

――落ち、る。

ぎゅっと目を閉じた直後、激しい衝撃と痛みが、全身を襲った。

＊＊＊＊

……瑠依からの返信が一向に来ない。

仕事中は無理だとしても、今は三時を過ぎている。そろそろ仕事を終えているはずだ。

鳴沢はまだ戻らないので、俺は瑠依の番号を呼び出した。メッセージは送ったが、無性に瑠依の声が聞きたくなった。

「……？　音消してんのか？」

呼び出し音は鳴り続けるが、瑠依が出る気配はない。マナーモードにしているとしても、これだけ鳴らせば振動で気づくはずだ。

しばらくコールを続けたが、出ないものは仕方ない。そう思い、電話を切った途端に鳴り響いた着信音に、反射的に通話ボタンを押した。

「瑠依？」

当たり前にそう呼びかけた俺の耳に、幼馴染の焦った声が響いた。

『瑠依？　じゃねえよボケ！　四階の非常階段、今すぐ来い！』

「……和威？」

『階段下りてて、人とぶつかって転落！　今、救急車呼んだとこ！　息はしてる、けど呼びかけても反応がない。頭を打ってるみたいで、下手に動かせねえ』

「……っ、すぐ行く！」

乱暴にスマホを胸ポケットに放り込み、社長室を出ようとしたら、いつの間にか戻っていた鳴沢が静かに問いかけてきた。

「如何なさいました？」

「瑠依が階段から落ちて意識がないらしい。今は和威がついてるが、救急車が来るから付き添――」

「いけません」

「……は？」

「救急車で病院に行けば、少なくとも検査は確実でしょう。夫であるあなたは、サインや説明で病院に拘束されることになります」

眼鏡の奥の瞳は、感情を消している。――俺を怒らせるとわかっていて言いにくいことを言う、その意思表示だ。

「――駒野氏との会食に間に合わなくなります」

「……おまえ、本気で言ってんのか」

「本気ですよ。力ずくでもお止めします。――春日。出入り口を塞げ」

鳴沢が言い終わるより先に、第二秘書の春日や警備員が走り出した。

「落ち着いて考えてください。奥様の傍には和威がいます。救急車もすぐに来るでしょう。意識がなくても、今すぐどうこうということはない。ですが、駒野氏との会食は――機会は、今回限りです」

「――拓実。今なら聞かったことにしてやる。そこをどけ」

姓ではなく名前を呼んだことで、俺の意識がプライベートに切り替わっていることを察したらしい。咎め、宥めるような視線を向けてきた。

「仕事を放り出して付き添って、それで奥様が満足なさいますか？　しかも、今一番大切な仕事と言ってもいいものを」

「うるさい」

「あなたは、八雲グループの次代を担う方です。会社にも、社員に対しても責任がある」

「うるせえっつってんだろ！」

拓実の代わりに、デスクを殴りつけた。拳にずしんと痛みが走る。

「妻と仕事とどっちが大切ですか、って話か？　悪いが瑠依だ、決まってんだろ」

「社長！」

「この会食が消えて、話が流れて、それでどれだけの打撃になる？　株価が多少下がる程度だろ。なら、俺が引責辞任すれば済む話だ。後釜は親父が決めればいい」

「社員に対しての責任感はないんですか!?」

「ないと思ってるのか？」

責任感だと？　ないわけがない。生まれた時からずっと『八雲家』は俺が背負うのが当然で、次代まで守る義務があると教え込まれてきたのだ。

それでも――瑠依を放っておけない。

たとえこの選択を瑠依に怒られても、これぱかりは絶対に譲れなかった。

「……失言でした」

「必要なら、今すぐ辞任してやる。会食は代わりに親父を行かせたらいい」

「駒野氏は、あなたを指名しているんです」

「必ず俺でなきゃならない理由もない。俺は、意識不明の妻を放って仕事をこなせるほど、人間ができてないんだよ」

出入り口を塞ぐように目の前に立つ拓実を、鋭く睨みつける。

「妻より仕事を取る人もいます。上に立つ者なら尚更その覚悟を」

なおも言い募(つの)る拓実を説得する時間が惜しい。この際、殴り飛ばすかと思った時――

「――ほんっとうに馬鹿よね、兄さんは」

怒りを抑えた声がしたと思った次の瞬間、拓実の体が宙を舞った。

社長室に入ってきた聡美が、実の兄を後ろから回し蹴りしたのだ。

護身用に習っていた空手が三段なのは知っているが、今の蹴りは『護身』ではなく『攻撃』だろう。

「千尋がそんな立派な人間なわけないでしょ。いつだって、自分最優先なんだから」

「……聡美」

床に転がる兄の鳩尾(みぞおち)を上からぐっと踏み、聡美は俺を睨(にら)みつけた。

「こんなところで兄さんと言い争ってる暇があるなら、とっとと動きなさい。救急車が来るまでに瑠依ちゃんのところにいなかったら、和威が瑠依ちゃんを本気で口説(くど)くわよ」

「……悪い」

「いいから走れっての」

「まて、さ……とみ」

「黙れ馬鹿兄。――瑠依ちゃんが目を覚ました時、そこに千尋がいなかったら、どんな気持ちになると思ってんの。そんな淋しい思いさせないで」

――私、家族って、祖母だけなんです。

瑠依の心の奥にある、深い孤独。自分が淋しいことにも気づいていないあの馬鹿を、一人になんてできるわけがない。

「今度奢(おご)る。好きなだけ飲んでいいぞ」

「私に奢(おご)れるだけの資産は残しときなさいよ、引責辞任の前に」

「わかってる」

俺は聡美に伸(の)されて呻(うめ)く春日と警備員を無視し、専用エレベーターに乗って四階へと急いだ。

四階に着いた俺を認めた途端、和威は「戻る」と言って、立ち上がった。

「看護師に応援頼んでるけど、託児所の責任者だし。……悪い」

「いや。今までついててくれて助かった」

俺は和威に礼を言った。ああ、とだけ答えて、和威は階段を駆け上がっていく。

和威は、医務室にも連絡してくれたらしく、すでに医師が瑠依の様子を診(み)ていた。俺に気づいた看護師が、「先生」と小さく声をかけている。

「……社長？」

「妻が怪我をしたと聞いて」

「では、こちらの女性は社長の奥様……ですか」

「ああ。――容態は？」

膝をついて屈(かが)み、瑠依の顔を覗(のぞ)き込む。

――血の気のない、真っ白い顔。

「精密検査をしていませんので正確なところは……見たところ、頭部に出血はないようです。呼吸も落ち着いていますし、脈拍も正常の範囲です。ただ、全身を打っている為、骨折の可能性はあるかもしれません。また、落ちた時に痛めたのか、足首を捻挫(ねんざ)しています」

「……妻に触れても？」

「すみませんが、医療従事者でない方は」

医師は申し訳なさそうに首を横に振った。

瑠依が目の前で倒れているのに、何もしてやれないのが情けない。

その時、震える声が聞こえた。

「――申し訳ありません、自分のせいです！」

勢いよく土下座したのは、スーツを着た二十代半ばほどの男だった。俺より少し下か同じくらいだろう。

「開発部の柴原(しばはら)です！　自分が、奥様に資料の箱をぶつけてしまって……！」

俺は意識的に呼吸を落ち着け、頭を下げている柴原に言葉をかけた。

「君はもう、職場に戻れ」

「ですが……っ」

「これは事故だ。君に責任はない。——と、社長としては言う」

床に額(ひたい)を擦りつけていた柴原が顔を上げ、更に言い募(つの)ろうとする。

「だが——夫としては、そう冷静ではいられない。だから、俺が傷害事件を起こさないように、仕事に戻ってくれ」

ゆっくりと言葉を切りながら、俺は柴原に頼んだ。

……わかってる。こいつのせいじゃない。

こいつは、資料を運ぶという業務の為に、他者の目につくエレベーターではなく社員用の非常階段を使っていた。ちゃんと配慮ができている。今回はたまたま、階段を下りていた瑠依とぶつかっただけだ。

恐らく、倒れた瑠依の社員証を見て、すぐに託児所へ連絡を入れてくれたのだろう。この男は誠実だった。そのおかげで、和威や医師が迅速に対処できたのだから。

「逃げずに、きちんと対処してくれた。それだけで十分だ。ありがとう」

「……社長……」

堪(こら)えるように柴原が頷いた時、担架を持った救急隊員が到着した。

救急車に同乗し、医師から所見を聞いた隊員達は、搬入先の総合病院と連絡を取り合って瑠依に処置を施している。

その間、俺はただ、瑠依の手を握っていることしかできなかった。

何かを尋ねられれば、機械的に答える。瑠依の白かった顔がどんどん青白くなっていくのが恐ろしくて、せめて手だけでも温めていたかった。

救急搬入口に着くなり、瑠依はストレッチャーで運ばれていく。

呆然とそれを見送った俺は、すぐにやって来た事務員に言われるまま様々な手続きをした。

——入院や検査、場合によっては手術の同意書を書き終えたあと、俺が案内されたのは特別室だった。俺は近々引責辞任する予定だが、今はまだ八雲ホールディングスの社長だ。

ここが八雲グループの関連病院ということもあり、配慮されたらしい。

俺は特別室の中にある応接室に入り、上手く機能しない頭を何とか再起動させた。

とりあえず、瑠依のばーさまに連絡しなくては。

この部屋は、電話は自由らしい。ネット環境もあると、入院用のリーフレットに書かれていた。

ばーさまが住む介護ホームに電話をかけようとした時、着信に気づいた。

――親父からだった。

気が重いが、無視するわけにもいかない。着信履歴からかけ直すと、すぐに親父が出た。

『千尋。瑠依さんの容態はどうだ』

すでに事情を把握しているらしい親父に、「検査中」とだけ答えた。

『そうか。拓実くんから連絡が来てな』

「ああ」

『駒野氏との会食には私が行く。あちらが、会ってくれるかはわからないが』

「その時は俺が責任を取る」

『自棄(やけ)になるな。この話がなくなったところで、株価が下がるほどのダメージはない。計画の初手でよかったな』

嫌味か。だが、俺に言い返す余裕はない。

――瑠依が無事かどうか。今の俺は、それしか考えられなかった。

『おまえの結婚がわかって、広報部やら宣伝部がパニックになっているそうだ。珈櫻会(かおうかい)からは瑠依さんの怪我について問い合わせが来ている』

「……落ち着いたら連絡する」

『そう言ってあるが、桐生の奥方達が大騒ぎしているらしい』

「意識のない怪我人のとこに押しかけるほど、常識外れでもないだろ。見舞いは、瑠依の意識が戻ってからにしてもらってくれ」

『――千尋』

親父の声が真剣さを増した。

『拓実くんが、詫びていた。退職届を出してきたようだ』

「……あいつは正しいことを言っただけだ。俺が我儘だったんだよ」

『ああ。聡美ちゃんに怒鳴られて破り捨てられたそうだ』

退職して逃げる前に、俺と瑠依に土下座しろと、聡美は兄を罵倒したらしい。

……男前すぎるだろ。

『少し待ちなさい、苑子に代わる』

「……ああ」

『坊ちゃま。苑でございます』

気遣わしげな苑の声が、遠く聞こえる。

『以前なら、すぐにでもお傍に行ってお慰めしたのですが――坊ちゃまをお慰めするのは、今は瑠依様のお役目ですから。苑が出しゃばる気はございません』

俺が落ち込んでいたら、慰める。苛立っていたら、宥める。それはいつも苑の役目だった。

だから俺は、昔も今も、苑に弱い。

だが、今は——俺の傍には、瑠依がいないと駄目なんだ。

そのことを、苑はあっさり看破していた。

『坊ちゃまは不器用ですから。大切な方ができたら、その方しか見えなくなってしまわれる』

「……うるさい」

『悪いことではございません。普通の女性は嬉し……いえ、瑠依様はお喜びにならない気もいたしますが』

抉ってくるところは、間違いなく和威の母親だ。……確かに瑠依なら『うわ、視野が狭い』とか言いそうだ。簡単に想像できるだけに、リアリティがある。

『大丈夫でございますよ。瑠依様は』

「根拠は」

『坊ちゃまがそこまで執着されているのですから。たとえ何があっても、ご自分のもとに取り戻されるでしょう』

ほほほと笑って、苑はいつもの落ち着いた声で言った。

『坊ちゃまのお気持ちを無視したたっくんは、あとで苑がきつく叱っておきますので。——瑠依様のご容態がわかりましたら、ご連絡くださいませ』

――すまん、拓実。……地獄を見てくれ。

俺は幼馴染に心から詫び、電話を切った。聡美による制裁のあとに、苑の説教――

俺と和威と拓実が幼少期から逃げ続けた、地獄のコンビネーションだ。

電話を終えると、静寂と不安が襲ってくる。

俺は天に祈るような気持ちで、ソファーに座り組んだ両手を額に当てた。

――どれくらいそうしていたのか。

茜色の光が窓から射し込み始めた時、ガラガラと音がして、誰かが室内に入って来た。

複数の足音と、話し声が聞こえる。

ソファーから立ち上がり、急いでドアを開けて外に出た。

「あ。千尋さん」

車椅子に座った瑠依が、俺を見つけて驚いたあと、やわらかく微笑んだ。

看護師らしき女性に「一人で大丈夫ですよ」と訴え、叱られながら車椅子ごとこちらへやって来る。

「る、い」

「すみません、転んじゃって……あ、記憶喪失とかそんなことにはなってませんよ。そこまでベタではないです」

「……階段から落ちて意識不明の時点で、ベタなんだよ……」

そう言いながら、俺は脱力した。気を抜いたら床にへたり込みそうだった。

初めて神様とやらを信じ、心から感謝した。

——瑠依が、生きてここにいる。

頭や腕、あちこちに包帯を巻かれているが、俺を見て笑っていた。

「八雲さん。奥様は脳震盪とはいえ、このあと後遺症が出てくる可能性もあります。肋骨も折れていますし、経過観察の為一週間、できれば二週間の入院が必要です」

医師は俺に会釈し、簡潔に瑠依の状況を説明した。それを聞いた瑠依が、放心している。

「千尋さん……入院費って、高額医療制度が使えましたよね?」

「……個室の代金は対象外だと思うぞ」

心配するのは自分の怪我ではなく入院費なところが、瑠依らしい。

そのことに安堵して、思わず瑠依の頭を撫でそうになった俺は……

「ご心配だったのはわかりますが。脳震盪の患者様の頭を撫でるのはおやめください」

瑠依の車椅子を押していた看護師に、般若の笑みを向けられた。

医師は聞こえないふりをして、俺と瑠依に今後の治療方針を説明し始めるのだった。

8

瑠依の入院中、仕事を早めに切り上げ、病室を見舞って帰るのが日課になった。

本当は泊まり込みたいが、瑠依本人に『嫌です』と拒否された。『襲われるかもしれないという恐怖に包まれた入院生活なんて…』と続けられ、退院してもしばらくは手を出さないことを誓った。

駒野氏との話は、当然ながら流れた。

俺の代わりに赴いた親父は『約束した相手ではない』と拒絶されたらしい。

鳴沢は憤然としていたが、自分だって『会長ではなくて社長を指名してきたんですから』と、親父を否定しただろうに。

折を見て、一度謝罪に行くつもりでいる。

……何故か俺は社長のままなので。

瑠依のばーさまへの連絡は、瑠依が自分ですると言った。そのくせ、心配をかけたくないらしく、なかなか連絡しなかった。

その意地っ張り具合に敬意を表し、先日、ばーさまの外出許可を取って迎えに行き、見舞いに来てもらった。瑠依はばーさまに叱られ、抱きつかれ、一緒になって泣いていた。

瑠依はばーさまに対しては素直だし、甘える。

……どうして俺には甘えないんだ。

今回のことで、俺の結婚は社内に知れ渡ったが、離婚する気もないし、ちょうどよかったかもしれない。

託児所には子供のいる社員しか近づけないし、俺の妻と知ってちょっかいを出す同僚はいないだろう。

珈櫻会からは、桐生夫人、御堂夫人、栗花落夫人が代表として見舞いに来た。

俺も同席していたが、『お仕事のせいで怪我なんて』と退職を勧められた瑠依は、『働いたお金で、おばさま達にお茶をご馳走したくて』と、相手の苦言を封じながら一層心を掴んでいた。

……これを無自覚でやっているから、恐ろしい。

嬉しそうに『私達、実はチェーン店というところに行ってみたかったの』とはしゃぐ夫人方は、本当に瑠依が可愛くて仕方がないらしい。聡美といい、瑠依は同性に好かれやすいようだ。

……和威のことは考えないことにした。

俺は今日も、仕事はきっちり昼で上がった。誰が大事な妻の入院中に定時まで働くか。

勤務時間に融通（ゆうずう）が利くのは経営者の特権だ。

瑠依の経過は順調で、頭を打った後遺症の心配もないと医者は言った。ただ、折れた肋骨が完治するまでは安静にということで、大事を取って入院している。足首の捻挫（ねんざ）はすでに完治していた。

――瑠依の好きそうなものでも買って行くか。

病院へ向かう途中、洋菓子店を見つけたので、車を近くのパーキングに入れた。

瑠依は甘いものが好きだ。病院でもデザートは出るが、果物やゼリー程度だから、内心食べたがっているに違いない。

店内に入ろうとしたところで、中からスマホで話しながら出てきた若い女性にぶつかりそうになった。咄嗟（とっさ）に体をずらして避けると、女性は申し訳なさそうに俺に頭を下げる。ながらスマホをしているわりに、常識はあるらしい。その時、女性がスマホに向かって叫んだ。

「……だから、入院してる病院はどこなの、瑠依！」

「瑠依？」

反射的に口にした俺に、その女性は得たりと頷きながらスマホに向かって話し続けている。

「そうよ瑠依よ。あんたね、『久しぶりに会わない？』の返事が『入院中です』のスタンプ一つってどういうことよ!」

「――失礼ですが」

「あ、待って。超美形に声かけられた――はい?」

ちょっと待ってと断って電話を保留にした女性は、微笑みながらも警戒心のある視線を向けてきた。気持ちはわかる。が、『瑠依』という名前と、病院という単語を無視できなかった。

「瑠依の、お知り合いですか?」

「……どちらの瑠依さんですか?」

「クソ真面目で融通(ゆうずう)が利かなくてばーさま大好きな」

一瞬驚いた女性が、俺の顔を見つめて真剣な様子で口を開く。

「素直じゃなくて淋しがり屋のくせにそれを自覚してない二十三歳独身の『朝香瑠依』のことですか」

俺達は淡々と『瑠依』について確認し合い、間違いなく同じ相手だと理解した。

「ええ。その『朝香瑠依』は、今現在、俺と結婚しています」

「はあ!?　結婚――――っ!?」

目を剥(む)いた女性は、保留を解除し電話口の瑠依に叫んだ。

「ちょっと、あんたいつの間に結婚したのよ、おめでとうくらい言わせなさい!」

スマホに向かって一喝（いっかつ）し、「すぐ行くから待ってなさい」と、電話を切った。

そして俺に向き直ってぺこりと頭を下げる。

「瑠依の元同僚で、長谷川奈津美といいます」

「夫の八雲千尋です。――瑠依の見舞いに？」

「ええ。でも、道がわからなくて……。瑠依に聞いても、気づいたらここにいたから、よくわからない、だし……。どこまで自分のことに無頓着（むとんちゃく）なんですか、あの子……」

「よければ送ります。俺も今から行くところだったので」

「助かります。お見舞いのケーキが傷（いた）まないか心配だったから」

笑った長谷川奈津美嬢の手には、俺が入ろうとしていた洋菓子店のロゴがついた箱があった。


病室に着くと、瑠依は長谷川さんを見てぱっと顔を輝かせた。

「奈津美！」

「奈津美！　じゃないわよ。どれだけ心配したと思ってるの、引っ越ししたことも黙ってて」

会った途端に叱られ、瑠依はびくっと体をすくませている。

「再就職先が決まったって言ってたから、お祝いに実家の野菜を送ったら、宛先人不在で返送されたあたしの気持ちを考えなさい」

「ごめん……なさい」

怒られた瑠依は、縋（すが）るように俺を見た。

……俺を防波堤にする気だな。だが──

「な、奈津美、こちら、えっと」

「ご主人でしょ。ここまで連れて来てもらう間に、お互いの自己紹介は終わってるよ」

長谷川さんは勝ち誇り、瑠依は身を小さくしながら、更に俺に視線を送ってくる。

それが意味するところは、「たすけて」である。

「──長谷川さん。そのくらいで。瑠依も、今後は友人への連絡を忘れないように気をつけろ」

「き、気をつけます、はい」

「ほんとよ？　音信不通とかやめてよね、あたしは瑠依のこと友達だと思ってるんだから」

「うん。私もそう思ってる」

久しぶりだし、積もる話もあるだろうと、俺は少し席を外そうと思って声をかけた。

「──何か飲み物を買ってくる。長谷川さんは何がいいですか？」

「あ、飲み物なら持って来てます。うちの果物を使った自家製ジュースなんですけど、瑠依はこれが好きだから」

　言いながら、彼女は大きめのバッグから水筒を取り出して笑った。

「なので、そこのキッチンをお借りできますか？」

「もちろんです、どうぞ」

　俺が案内に足を踏み出すと、長谷川さんは瑠依を振り返った。

「瑠依は先にケーキでも選んでなさい」

「シブースト……ポワール・アン・ルージュ……うう、選べない……」

「どっちも食べていいわよ」

「駄目、太る！」

　即答で拒否した瑠依を笑いながら、備え付けのキッチンに案内する。そこでグラスに氷を入れると、長谷川さんが水筒からフルーツジュースを注いだ。

「水筒、置いていきます。瑠依が飲みたいって言ったらあげてください。冷蔵庫に入れておけば、二日くらいはもちます。自家製なのでそれ以上はちょっとヤバいですけど」

「わかりました。――長谷川さんのご実家は、農業を？」

「ええ。でもそろそろ引退したいねって、両親と祖父母は話してて……土地を売るって話も出てたから、来年か再来年にはやめるのかなと思ってたんですけど」

　彼女はふう、と溜息をつきながら水筒の蓋を閉めた。

「祖父がね、駄々っ子なんですよ。この間も、突然土地を売る話を進めるって言って出て行ったのに、先方の都合が急につかなくなったからって、怒って帰って来ちゃって。その日の昼に『今日の夜会おう』なんて言って通るのは、田舎だけですよ。さすがに、祖母に叱られてました」

――俺は、唖然として彼女の話を聞いていた。あまりにも、聞き覚えのありすぎる内容だった。

「それで、ムキになった祖父が、別の相手と土地を売る話をするって言い出したみたいですけど、祖母が反対してます。祖父は祖母には逆らえないので、まだしばらく農業を続けるのかな」

また瑠依に野菜とか果物を送りますねと笑った彼女に、俺は慎重に話しかけた。

「……長谷川さん」

「はい？」

「もしかして、おじい様のお名前は……駒野真誠さんと、おっしゃいませんか？」

「え、どうして知ってるんですか？」

長谷川さんは驚愕したが――実は俺も動転している。

「……その、急に予定がつかなくなってしまった相手というのは、俺なので」

「ええっ!?　でも土地を売る相手は八雲グループの……って、あ、え!?　あなたが、その八雲さん⁉」

混乱している様子の長谷川さんに頷きながら、俺は何とかビジネスモードに頭を切り替えた。

「あの日は、一度は会食のお誘いを受けたんですが……その直後、瑠依が事故に遭ったと連絡が入って……」

その節は、大変失礼しました、と頭を下げる俺に、長谷川さんは固まった。そして、数秒後。

「――電話、失礼します」

そう言うなり、スマホを取り出して電話をかけ始めた。

「あ、おばあちゃん？　奈津美だけど！　おじいちゃんが土地の話で失礼なことした相手、そう、八雲さん！　その人、あたしの友達のご主人だったの‼　それでね、あの日来れなかった理由って、友達が怪我したからだったのよ！　おじいちゃん、それ知ってて帰ってきたの⁉　もしそうなら、あたし絶対許さないからね！」

そんな人でなしだと思わなかった、友情が壊れたらどうしてくれるの、と祖母を通じて祖父に抗議している長谷川さんを見ながら、俺は駒野氏への道が再び繋がったことを感じていた。

それから数日後。

溺愛している孫娘から、猛烈な抗議を受けた上に、細君(さいくん)や娘にまで非難されたという駒野氏は、セッティングし直した会食の場に、手土産(てみやげ)として周辺の地権者達も連れていくと申し出てくれた。

彼らの所有地をまとめて買い取ることができれば、一度に整備ができて農地改革もスムーズに進められる。珍しく興奮気味の鳴沢に、俺はあることを相談した。

「……それは……」

「無理か？」

俺の問いかけに、鳴沢は考え込むように沈黙し——やがて口を開いた。

「……いえ。むしろその方がいいかもしれません。文句を言ってくる輩(やから)も出てきそうですが、他にもそういった企業や、法人は存在しますから」

「時間も金もかけていい。まあ、あちらの同意が得られれば、だが」

「得られるでしょうね」

あっさりと鳴沢は請け合った。

曰(いわ)く、駒野氏は昔からあの一帯の大地主であり、地域の中心人物だ。彼さえ同意すれば、他の地権者も頷くだろう。そして駒野氏は、先日の一件で、俺に対して責任を感じているらしい。

……相手は瑠依の友人の祖父だ。良心につけこむような真似はしたくないんだが。

「そこでいい人ぶらないでくださいね」

「確実に、おまえより俺の方がいい人だからな。聡美とゆりなの中では」

俺がからかうと、鳴沢は小さく首を振った。

「……あれ以来、私の信頼は地に堕ちました……」

「まあ、妻を見捨てて仕事を取れって言った時点で、女の敵になるな」

「そんなのはどうでもいいんですが、妻、妹、母にゴミを見るような目を向けられ続けるのは、なかなか……」

「楽しいのか」

「ええ。底辺まで落ちた信頼をどうやって回復させるかは、かなり興味深い」

本当にどうしようもないな、こいつ。

性格が捻(ね)じれている上に、嗜好(しこう)まで腐っている。よく結婚できたものだ。

……俺は、瑠依にそんな目で見られたくない。

その瑠依だが、退院したものの、かなり多忙だ。

仕事だけでなく、長谷川さんや聡美達との付き合いや、珈櫻会(かおうかい)の奥方連中の相手で予定が埋め尽くされている。

その合間を縫ってエステや衣装合わせもこなしているのだから、忙しさは俺以上かもしれない。

……要するに、俺と過ごす時間はほとんどないということだ。

「この話をまとめたら、しばらく休みを取りたいんだが」

「新婚旅行ですね。海外でしたら、奥様にパスポートの確認をなさった方がいいですよ」

パスポートを持っていない成人がいるのかと思って聞き流した俺は、その夜、瑠依に「持ってるわけないじゃないですか、私の卒業旅行はお伊勢様でした」と言われ、鳴沢に感謝した。

改めて設けた駒野氏との会食は、親父が懇意にしている料亭で行われた。

ここは、いちいち事情を説明しなくても店が万事心得てくれている。

落ち着いた和室に、俺と鳴沢、そして駒野氏と五名の地権者が集まった。

俺も駒野氏も、今日はあえて弁護士を同行していない。

「――では、全員の土地を買っていただけると?」

「はい。駒野さんの紹介ということは、皆さんが信頼に足る方だということです――人としても、農業に携わる方としても」

駒野氏は俺の言葉に頷く。同席した五人の地権者も、ほっとした顔で各々料理に箸を伸ばし始めた。

「土地は、いわゆる適正価格の範囲、問題にならない価格で購入させていただくつもりです。最初の提示額とあまり変わらないとは思いますが」

「わしはそれで構いません。緒方、おまえさん達は？」

そう言って、駒野氏が他の人達に目を向けると互いに頷き合っている。

「駒野さんがいいんなら、わしらも……」

「ありがとうございます。ではその件は専門家に任せることにして……一つご提案があるのですが」

そう言った俺に、駒野氏は少し身構えた。下手なことになると、また孫経由で抗議されると思っているのかもしれない。

「実は、農業法人を立ち上げたいと思っています」

「——は？」

「最初は、買い取らせていただいた土地は、別の方法で運用しようと思っていたのですが……先日、駒野さんのお孫さんの奈津美さんが作った『自家製ジュース』を、いただいて、少し考えが変わりましてね」

「は……あ？」

頷きながらぽかんとしている駒野氏に、俺はゆっくり説明した。

「妻は以前から、時々奈津美さんに野菜をいただいていたと聞きました。どの野菜も、とてもおいしかったのだとか。きっと、他の皆さんの作られる野菜も同じようにおいしいのでしょう。私は、おいしい野菜を作る為にあなた方が培(つちか)ってきた、技術や知識がこのまま失われてしまうのが惜しい」

俺が鳴沢に提案したのは、これまで細々(ほそぼそ)と農業を続けてきた地権者達の、技術継承を組み込んだ農業法人の設立だった。

技術を持つ協力者は多いほどいいし、品種や土壌の改良など農業改革にも着手できる。

「流通の確保や営業は、当社から人材を出します。皆さんには、設立する会社の役員として、後進を育成していただきたいのです。お身内やお知り合いで農業を続けたい、やってみたいという方がいらっしゃるなら、社員として雇用させていただきます」

俺の説明を聞いた駒野氏が、怪訝(けげん)そうに口を開く。

「つまり……土地を売った金で、わしらにその会社の株を買わせようってことですか?」

その問いに、俺は首を横に振った。そんな気は毛頭ない。

「いえ。まずはグループから離して、私の個人企業として事業を始めます。土地の売却で得た金銭の使い道は、税金以外は皆さんの自由です。いずれ上場ということになった場合は、ご希望があれば優先的に株式をお売りしますが、こちらから強制はしません」

「……あんまり、わしらに都合がよすぎませんかね?」

話が上手(うま)すぎて、にわかには信じられないと言外に言われる。

……ここが勝負どころだ。

「農業と漁業は国の根幹を支える事業です。そこに投資することはおかしいですか？」

そのうち、山林も買っておきたい。水資源や環境保全、防災の為にも。

「最近多くなってきた、産地直販を基本に考えています。他社を挟むと利益を上げるのが難しくなるので、生産者と消費者を直接繋ぎたいと思っています」

「本当に利益が出ますか？」

地権者の一人が、躊躇いがちに問いかけてくる。

「出します。投資費用の回収を後回しにしますから」

俺が設立するんだから、投資した分を後回しにしたって問題ない。

「すぐに答えをもらえるとは思っていません。ご家族と話し合う必要もあるでしょう。ただ、こちらとしては、ぜひ皆さんにご協力いただきたい。そう思っています」

「――わしは、受ける」

途中から目を閉じて、黙って話を聞いていた駒野氏が、即断した。

「わしがこの話をぐだぐだ引っ張ったせいで、八雲さんとこには迷惑をかけた。だというのに、わしらや農業の行く末について、真摯に考えてくれている。……わしはもちろん、うちで作った野菜や果物は美味いと思っとる。じゃが、八雲さんのような舌の肥えた人も美味いと、商売になると言ってくれるんだ。なら、この話に乗っても大丈夫だろう」

「駒野の旦那がそう言うなら、うちも……」

その言葉を聞いて同意しかけた他の地権者達を、駒野氏が止めた。

「あほたれ。おまえらはすぐに決めるな。かあちゃんにどやされるだろうが」

「そう言う旦那はどうなんだ」

「ふん。わしんとこのは、八雲さんに失礼のないように、としか言わん。それこそ、この話を受けずに持ち帰ったりしたら、『何で即答しなかった』と孫と娘と嫁に叱られるわ！」

俺は、思わず笑ってしまった。強面で頑固なこの老人も、女性陣には頭が上がらないらしい。

「……失礼。やはり、男は女性には逆らえないんだなと思ったもので」

「そう言うあんたも、わしとのメシより、怪我した嫁さんを優先したと聞いた。同じだな」

「否定はしません」

俺にとって一番大切なのは瑠依で、必要なのも瑠依だ。

笑って頷いた俺に、駒野氏は杯を軽く上げながら祝辞をくれた。

「結婚、おめでとう。半人前でしたから」

「いいえ。実際、半人前でしたから」

瑠依と結婚したことで、俺が得たものは大きい。誰かを大切に想うこと、大切にすること。

——自分より何より、相手を優先したいと思う。

これまで経験したことのないこの感情を——たぶん、『愛』と呼ぶのだろう。

「それでは、乾杯でもしますか」

「八雲さん、一度こっちの田舎にも来てください。こんな美形さんが来てくれりゃ、若い娘も農業に戻ってくれますんでね」

和気藹々とした雰囲気で誘ってくれるのはありがたいので、俺も軽口で返す。

「新婚なんですが」

「そうだぞ、八雲さんに色目使うような娘っ子がいたら、わしはまた奈津美に……」

「んなこと問題ねえですよ、最近の子は。いい男を見たって、結婚したい！　じゃなくて、芸能人を見てキャーキャー言ってるようなもんだ。ちゃっかり別に、男を作ってやがる……っ」

「ど、どうした緒方！」

「娘が……っ、昨日いきなり、結婚したいって男を連れてきやがった……！　一昨日まで東京に何とかってアイドルのコンサートに行ってたってのに……！」

切なく泣き崩れる緒方氏を、何故かその場の全員で慰めることになったのだった。

＊＊＊＊＊

私が退院してそろそろ一ヶ月。

入院中に季節はすっかり変わり、日射しの強さと抜けるような青空が夏の訪れを告げる。

今日は仕事を休んで病院へ定期検診に行ったら、先生に「では三ヶ月後にいらしてください」と、ほぼ完治のお言葉をもらった。

まずは千尋さんに連絡し、職場にも報告した。退院後も、後遺症があるといけないからということで時短勤務のままだったので、次のシフトからフルタイムを希望しようと思う。

休憩がてら、涼を求めてお洒落なコーヒーのチェーン店に入った。

アイスのカフェ・ブラベをオーダーし、珈櫻会の恭子おばさまに『次の検診は三ヶ月後でいいそうなので、ご都合がよろしければ、週末にお茶はいかがですか』と連絡した。即座に電話がかかってきて、おめでとうの言葉をいただいたあと、日時の相談をすると、土曜日の十三時に、恭子おばさまの車が迎えに来てくれることになった。

電話を切った私は、今日の夕食を考えながら、カフェ・ブラベを堪能した。

「――どうしてもう帰ってきてるんですか、平日ですよ今日は」

帰宅した私を出迎えたのは、千尋さんだった。当たり前のように「お帰り」と言われる。

「仕事が早めに終わったからな」

「嘘ばっかり。私の完治祝いでしょう」

「わかってるなら聞くなよ」

「だって、鳴沢さんから『仕事を抜けて逃げました、捕まえておいてください』って連絡が」

「出かけるぞ、瑠依」

即座に逃亡を決める千尋さんに、私は笑った。ほんと、我儘なんだから。

だけどその我儘を愛しいと思うくらいには、私は千尋さんが好きだ。

「どこに行くんですか」

「おまえの行きたいところでいい」

「あ、じゃあ小田原に行きましょう。そこで苑子さんの好きな大福を買って、会いに行きませんか」

聡美さんがどんなところに放置されたのか――千尋さんの最低っぷりを確認したい。

「……おまえを置いて帰ったりはしないぞ」

私の意図を察したのか、千尋さんは真顔で言った。そこは信じてるから大丈夫ですと言ったら、ほっとしたように頷いた。

「ガス欠になっても？」

「なったらホテルか旅館に泊まる」

「同じ部屋は嫌です」

「……ったく。聡美に懐きやがって」

拗ねた口調で言った千尋さんは、私の髪をくしゃっと優しく撫でた。

「――おまえに、改めてプロポーズしたいと思ってる」

「は？　もう結婚してますよ私達」

いきなり何を言い出すのだ、千尋さんは。

「一応、色々調べてはみた。女が喜ぶシチュエーションとか」

「それは、ご苦労様なことですが」

「けど俺が知りたいのは、女が喜ぶことじゃなくて、おまえが喜ぶことだからわからなかった」

さらっと当たり前のように言われた言葉の意味を理解して――俯いた。すごく恥ずかしいことを言ってるのに、本人が無自覚だから突っ込めない。

「おまえに確認してる時点で、もうサプライズは成立しないしな。それに、おまえ、サプライズなんてされたら冷めるタイプだろ？」

……すみません、そのとおりです。

「……千尋さんの気持ちは嬉しいですよ？」

「つまり行動は嬉しくないんだよな、それくらいはわかってる」

うむ、お互いに相手の性格をずいぶん把握できてきたわ。

「そういうことで、今日、プロポーズをする。改めて指輪も用意した。俺の好みのデザインで、ちゃんとおまえに似合うものを作らせた」

生粋（きっすい）のセレブ様は、相変わらず思考回路が俺様だった。私の為の指輪だと言いながら、当たり前のように自分の好みを優先させている。

「あの大福の賞味期間は一日だ。今から小田原に行っても、買うのは無理だ、完売してる」

だから今日は小田原に泊まると言った千尋さんは、支度をして来いと言った。

私は慌てて、部屋に向かった。

荷物を置いて、お風呂に入って、それからメイクして着替え——ああ、ゆりなさん達に明日も休みますって連絡も入れなきゃ！

「すみません、一時間ください！」

大きな声でお願いした私に、千尋さんが「わかった」と返事した。

＊＊＊＊

瑠依が支度している間、俺は特にすることがない。

とりあえず、苑に明日行くことを連絡しとくか。コールしたら、苑はすぐに電話に出た。

「――苑か？　瑠依が、おまえに大福を持って行きたいらしい。ああ、いや、明日になると思う」

電話の向こうで、苑は笑いながら『お待ちしておりますとお伝えください』と言った。

そこでふと、俺は気になっていたことを聞いてみる。

「なあ。どうして、瑠依だったんだ？」

――俺の『子守り』の相手は。

瑠依が応募してすぐに、俺は親父に監禁された。瑠依を採用すると決めていたとしか思えない手際のよさだ。よすぎるといっていい。

尋ねた俺に、苑は静かな声で答えた。

『瑠依様を、ずっとお待ちしておりましたので』

「ずっと？　瑠依をか？」

意味がわからない俺に、苑は説明し始めた。

『――四年前の冬でしたか。苑は坊ちゃまに駅まで送っていただいたあと、お財布ごと鞄(かばん)を落としてしまったことがありました』

「はあ!?　どうしてその場で俺を呼ばなかった」

『あの頃のご多忙な坊ちゃまに、わざわざ連絡するほどのことではございません。いざとなればゆりなを呼べばよいかと思い、とりあえず自分で探そうとしました』

とはいっても、当てなどない。どこから探そうかと思っていた苑に、スーツを着た若い女性が声をかけてきたらしい。それが瑠依だったそうだ。

『お財布の入った鞄を落としてしまった、と申し上げましたら、瑠依様が一緒に探してくださったのです』

――大丈夫ですよ、見つかります。

実は結構落ち込んでいた苑を励ましながら、駅員と交番に落としものの問い合わせをし、自身も歩道はもちろん、植込みや駅の構内を探してくれたらしい。

しかもその間、苑を駅前の喫茶店で待機させ、自分は寒風吹きさらす中で、ずっと他人の落としものを探していたというから、人がよすぎる。

『一時間ほどして、植込みの中から鞄が見つかりました……お財布もあったのですが、坊ちゃまにいただいた飾り……チャームでしたか、あれが壊れてしまっていて』

喫茶店で、チャームの壊れた鞄を受け取った苑本人より、瑠依の方がおろおろしていたそうだ。瑠依らしいといえば、らしい話だ。

――ちょっとお時間をくださいね、直せるかも。

そう言うと、すぐに百均ショップで道具を買ってきて、喫茶店のマスターに長居を詫び、四苦八苦しながらチャームを直してくれた。

『私が声をかけていただいてから、ゆうに三時間は経っていました』

「……馬鹿だろ、あいつ。俺が買ったチャームって、確かハンドメイドの安物だぞ」

ドイツだかフランスだか忘れたが、露店で見かけて、苑が好みそうなデザインだったから買っただけの、十ユーロかそこらの品物だ。

苑があまりに喜んだから、もっとちゃんと選べばよかったと後悔したのでよく覚えている。

『坊ちゃまはそうおっしゃいますが、苑には宝物でした。瑠依様はそれを汲(く)み取ってくださったのです』

本当に馬鹿で不器用だ。見知らぬばーさんに、三時間も付き合う奴がいるか。

『鞄(かばん)に、直ったチャームを付けていただいている時に気づきました。……瑠依様はその日、就職の面接だったのです』

俺は天を仰ぎたくなった。

就職活動の面接。それを、見ず知らずの他人を助ける為に棒に振ったのか。

『……気づかなかった苑が迂闊(うかつ)でした。あれがリクルートスーツというものだと存じませんでしたので……』

「いや、普通、大事な面接の日に、他人を優先するお人好しはいない」

『――でも苑は、その時に思ったのです。ここまで無心に、他人の為に尽くしてくださる方ならば、坊ちゃまの歪んだ性根――いえ、我儘な……素直でない性格も、受け入れてくださるのではないかと』

「おい……」

『ですが、出会ったばかりの瑠依様に無理強いはできません。きっと坊ちゃまも、お会いになることはなかったでしょう』

人から押しつけられることが嫌いな俺を、苑はよく理解している。

『それでも、どうしても諦めきれず……旦那様に申し上げて、瑠依様のことを調べていただきました』

「どうやって個人情報を手に入れたんだよ」

『そこは、苑は存じません。――色々と方法があるようです』

つまり、真っ当なルートではないということか。親父が絡んでいるなら納得できる。

『そして、この春、瑠依様の勤め先が人員整理をすると聞き、思い切って子守りの求人を出しました。何人もの応募がございましたが、あれは瑠依様の為のもの。他の方では駄目だったのです』

「……ちょっと待て。瑠依の仕事が決まらなかったのは、圧力をかけたとかじゃないだろうな」

『そのようなことは、苑にはできません』

――親父がやっていた可能性はあるわけだ。クソ親父……

瑠依に会えたのは、俺にとって幸いだったから結果オーライだが、瑠依にはあとで土下座して謝るしかない。

結局のところ、俺は親父達の計略にはめられたのか。

……けれど、不思議と腹は立たない。

『旦那様は……坊ちゃまが瑠依様を選ばない可能性の方が高いとおっしゃいましたが、苑は絶対に坊ちゃまは瑠依様を選ばれると思っていました』

「……苑」

『はい』

「俺は、結婚相手は自分で決めるっつっただろ」

――そうだ。俺が自分で、瑠依に決めた。

ただ、瑠依と出会う機会をくれたのは、間違いなく苑と……親父だ。

『申し訳ございません』

「――いや。いい」

苑が動かなければ、俺は瑠依と出会ってなかったかもしれない。出会ったとしても、一目で人を惹きつけるわけではない瑠依を、見過ごしていたかもしれない。

「取り零すとか冗談じゃないからな……」

少なくとも、話を聞いた俺は苑に感謝している。

「瑠依には話す。もし怒ったら、しばらくはそっちに行かない」

『はい』

静かに電話を切って、俺は瑠依にどう切り出そうか考えて――諦めた。

だって瑠依だぞ。あいつの思考回路は未だに謎だ。この事実を知って、怒るか拗ねるか離婚だと言い出すか――まったく読めない。

……離婚だけは絶対に回避するが。

男に女心はわからないと言うが、瑠依という女は特別難しい気がした。

＊＊＊＊

小田原に向かう車の中、千尋さんは『四年前』のことを話してくれた。

「そうですか……そんなことが」

「いや、そこはおまえ『あの時のおばあちゃんが苑子さんだったなんて』じゃないのか」

「すみません、さっぱり思い出せません」

あの時と言われても。私、そんなことしたかな。四年前って、短大と就活で忙しかった時期で、ほとんど記憶が残ってない。面接の失敗は数え切れないし。

「……怒らないのか？」

「どうして怒るんですか」

「どうして、って……親父は、たぶん、おまえがあの求人に応募するように、おまえの求職活動の邪魔をしてるぞ」

「それは千尋さんに怒ることじゃないですし」

何も知らなかったのは千尋さんも同じだ。彼に怒る意味がない。

「別に怒ってないですよ。むしろ四年前の私、えらい。よく人助けしました。おかげでおばあちゃんは高級介護ホームでのんびり生活、私自身はセレブ生活。情けは人の為ならずですね」

「おまえはセレブ生活嫌いだろ」

「嫌いではないです。面倒くさいだけで」

そこで私は、運転中の千尋さんに言ってみた。

「千尋さんも、面倒くさいけど嫌いじゃないですよ」

「惚れてると素直に言え」

「はいはい、好きです、愛してます」

「まったく心が込もってない」

「……千尋さんだって、最近は私のこと好きとか言わないですよね」

事実、私が退院してからずっと、千尋さんは私に手を出してこない。

……飽(あ)きたのかな。それはとても淋しい。

「もしかして、飽(あ)きましたか？」

「おまえは俺の話を聞いてなかったのか。今日プロポーズするって言ったはずだ」

「それはつまり今日……その……夜も？」

……その行為は、久しぶりだからか、何だか恥ずかしい。

「するだろ。一ヶ月以上我慢してたけど、もうやめた」

「え、我慢してたんですか？　好きにしていいですよって言ったのに……」

「おまえが、襲われたくないって言ったんだろうが……」

——言ったっけ？　あ、入院中に言ったような記憶がある。

「病院では嫌ですってことだったんですが」

「そりゃあ、いつ看護師が来るかわからないからな。生憎(あいにく)俺も、そんなリスクを楽しめるほど露出狂じゃない」

「なら退院したあと、誘ってくだされば」

「どうして毎回、俺が誘わなきゃならない。……おまえ相手に雰囲気を作るのは、死ぬほど苦労するんだよ……」

人を情緒のない人間みたいに言わないでほしい。

「……じゃあ千尋さんは、私がしたくないって言ったらしないんですか?」

「健康な男が、惚れた女と一緒にいてセックスしたくないと思うか?」

質問に質問で返されて、何だかムッとした。だって私は、千尋さん以外の男の人のそういう欲求なんてどうでもいい。

「そんなの知りませんよ――健康な男の人なら、いつでもどこでもしたいんじゃないですか」

自棄(やけ)になってそう答えた。――相手は誰でもいいんでしょうとは、さすがに言わない。

「おまえは本当に素直じゃないな。ベッドでは素直なのに」

「千尋さんこそ、ベッドではケダモノのくせに紳士ぶらないでください」

運転しながら、千尋さんが大きな溜息をついた。

「俺は、おまえに欲情しない自分が想像できない」

「本当ですか、今もですか?」

「二人っきりで、いつもより甘い匂いさせてる時点で、誘ってんのかと思うくらいにはな」

「――誘ってます」

素直に言ったのに、千尋さんはちらっと、「何言ってんだこいつ」という視線を向けた。

「私は、千尋さんになら何をされても嫌じゃないんです。……あんなこともこんなこともされましたし」

伝わるかな。上手く言葉にできるだろうか。

「だから、私が素直になるのは、ベッドだからではなく、千尋さんに抱かれているからです」

「……おまえは本当に……色気も何もないくせに、こんな簡単に煽られる自分に腹立つ」

舌打ちした千尋さんが、高速から一般道に下りるべく車線変更した。

「ナビを見ると、小田原はまだ先ですが」

「俺が限界だ——煽ったんだから責任を取れ」

ホテルに行くぞと言われた。……けど。

「わかりました。私もしたいので、急いでください」

「だから淡々と冷静な口調で俺の理性を削るな、カーセックスなんて嫌だろうが！」

「嫌です。なのでホテルに急ぎましょう」

私の真剣なお願いに、千尋さんは「オテル・ル・メイユール。俺の名前を出したら部屋は取れるから電話しろ」と命令してきたので、素直に従いました。

——カーセックスは嫌だけど、でもこのまま押し倒されてもいいかなと思ったくらいには、千尋さんの色気がすごかった。

＊＊＊＊

ホテルの部屋に着くなり、俺は瑠依を抱き寄せた。

すると瑠依は困った顔をする。

「明日の服……」

このホテルにはファッションショップはない。着替えがないことを不安がる瑠依に、俺は努めて冷静に答えた。

「必要なものは、ここまで届けさせるから問題ない」

「届けさせる?」

きょとんとしている瑠依を連れてリビングスペースに移動して、スマホを取り出し――百貨店の担当に連絡した。必要なものを指定して、電話を切る。

その隙に、瑠依はバスルームに逃げていた。曰く『お風呂に入らないでセックスするのは絶対に嫌』なのだそうだ。

しかし、このホテルのスイートルームにはシャワーブースが別にある。

俺はさっさと、少し冷たいシャワーを浴びた。バスローブを羽織って出てくると、瑠依はまだ入浴中だった。煽っておいて『待て』にも程がある。

コンシェルジュに電話して、外商が届ける予定の荷物の受け取りと、ルームサービスを頼んだ。

瑠依の好きそうなもので、かつ食べやすいものを選ぶと、結局フルーツとチーズになった。

それが部屋に届いても、瑠依はまだバスルームから出てこない。

もしかして、のぼせてるんじゃないかと心配になった頃、やっとバスローブを着た瑠依が姿を見せた。

彼女は俺とワゴンを交互に見て溜息をついた。

「どうして、もうバスローブに着替えてるんですか……」

「風呂とは別に、シャワーブースがあるからな」

「……しかもフルーツとチーズ……栄養補給は万全……準備よすぎですよ千尋さん」

「おまえが煽るからだろうが」

いきなり押し倒さないだけ、俺は理性的なつもりだが。

「煽ってませんよ、ほんとのことを言っただけです。私もしたいって。それが煽ってるって言うなら」

瑠依は気まぐれな猫のように笑った。

「千尋さんだって、私を煽ってます。――その声は反則」

そう言いながら、抱きつかれたら――理性なんて吹き飛ぶだろう。

ん、と甘い声を上げながら瑠依が身を捩った。

ベッドで抱き合いながら、馬鹿みたいにキスを繰り返す。それだけで快感が走った。

透明感を増した瑠依の白い肌は、今はうっすらと桜色に染まっている。

「……っ、プロ、ポーズは……？」

問いかける声は耳に甘く蕩けて、より一層、俺の欲を煽る。

「今言っても、おまえ忘れるだろ」

その証拠に、お互い気持ちの赴くままに相手の肌に触れていた。

皮膚の薄い耳朶を嬲りながら俺が言うと、瑠依は溜息のような声を漏らし、俺の肩に爪を立てた。

「忘れ、な……っ、あ、そこ、や……っ」

耳全体を噛んだり舐めたりしていくと、瑠依の体がびくびくと震える。

無意識に逃げようとする体を引き寄せ、乳房を包めば、ツンと尖った赤い乳首が指先に当たった。

「嫌って反応か、これが」

「……あっ！」

存在を主張するみたいに色づいた乳首を指で弾くと、瑠依は体をのけ反らせた。

いちいち感じやすくて素直な体だ。

「こういう時、女ばかり好きにされるのが納得できない……」

「別におまえが俺に何かしてもいいんだぞ」

俺は瑠依の体をうつ伏せ、腰を持ち上げて四つん這いにさせた。初めての体勢に、瑠依が不安げに振り返ってくる。その耳元に囁いた。

「俺はベッドの上ではケダモノなんだろ。なら、大人しく食われてろ」

そう言ってうなじに口づけると、瑠依は細い声を上げた。瑠依はその声を嫌がるように、羽枕に顔を埋める。俺は片手で瑠依の体の線を辿り、もう片方の手で乳房を乱暴に揉みしだいた。

痛みを与えないギリギリの強さを見極めるのは難しいが、瑠依は小さく震えて声を殺している。

「痛いか？」

枕に顔を埋めたまま、瑠依が首を横に振った。

片手には余る、たっぷりとした膨らみを強弱をつけて揉み、手のひらに当たる頂をぐっと押し込む。そうしながら、白い背中に唇を落とした。普段とは違う匂いでも、肌の甘さは変わらない。

細いくびれに手を這わせると、羽枕を抱いた腕に力が入った。

「っ……ん」

そのまま腹部を撫でたら、瑠依の肩が大きく上下する。

「ここ、よかったか？」

くりっと指で臍をつついたら、瑠依は羽枕に顔を押しつけ声を抑えた。

それを眺めながら、もう一方の手で乳首を摘まんだ。

指で挟んで軽く捏ねると、瑠依は更に強く枕に顔を押し付ける。

「声出せ、瑠依」

そう言って俺は羽枕を瑠依から奪い取り、細い肩に口づけた。

それだけで、瑠依は艶やかな吐息を零した。

「恥ず、かし……っ」

「おまえの声は、もう散々聞いてる」

喘ぐ声も快楽を堪える声も溺れる声も、甘ったるいほど蕩けた声も。

「けど足りない。もっと聞かせろ」

——顔や体より、声のいい女が気持ちいい。

そう言ったのは誰だったか覚えてないが、実際、こういう時の瑠依の声は俺を煽る。

しかも、声だけでなく、顔も体も性格もすべて俺の好みなので、快楽の深さは喩えようがない。

綺麗な背中に舌と唇を這わせて、時折、強く吸う。白い肌に赤い花を咲かせる度に、瑠依の体が熱を帯び、声が甘くなっていく。

堪らないといった様子で零れてくる声に、はっきりと快感が滲んできた頃、瑠依の秘花に触れた。

濡れた花弁を指で割り、隠れた花芽を暴き出す。

「っあ……！」

強弱をつけて執拗にそこを撫で、押したりつついたりすると、瑠依の体から力が抜ける。ベッドに崩れ落ちそうな腰を、改めて支え直した。

「ん、や……っあ、……あ！」

硬く主張し始めた花芽を嬲ると、嬌声が甘く溶けていく。首筋から腰まで至るところに口づけながら愛撫を続けるうちに、瑠依の体がねだるように揺れた。

熱く潤んだ蜜壺に指を挿れると、難なく根元まで沈み込む。すぐに指を二本に増やすが、瑠依は痛みを訴えることはない。それどころか、ぎゅうぎゅうと指を締めつけてきた。

瑠依のそこは男を覚えて、自然に奥へ引き込もうと淫らに蠢いている。

中からとろとろと溢れ出る蜜は、俺が指を動かすごとに手首まで濡らし、更に瑠依の白い太腿を伝っていく。

「あ……っや、そこ……ん……！」

――俺の手で乱れる瑠依は、ひどく扇情的だ。

快感に首を振り喘ぐ姿が可愛くて、ずっと見ていたいと思う。

「や……ちひ……ろ……さん……」

何か喋って、とたどたどしく甘える瑠依は、無自覚だから性質が悪い。

「何かって？」

「何で……も……い……から……っ……」

「顔が見えないと嫌か？」

こくこくと頷く瑠依の耳元に、俺はできるだけ優しく囁いた。

「でも俺は、この体勢の方がヤりやすいんだよ」

「っ……ケダモノ……！」

仕方ない。どうしたって、こっちの方が繋がりやすい。それに、その時に見える瑠依の横顔が、どうしようもなく好きだというのもある。

正常位より深く繋がれる分、快楽が強くなる瑠依は泣きそうな表情になるのだ。

無垢で淫らなその顔と声が、堪らなく可愛い。

俺は瑠依を泣かせたいわけではないが、彼女の泣き顔はかなりそそるという矛盾だ。

「瑠依」

濡れた音を立てて中を弄りながら呼びかけると、瑠依は甘い苦鳴で応えた。蕩けきった花弁は蜜を滴らせ、挿し入れた俺の指を強く引き絞る。

いいところをくすぐってやれば、切なげな吐息にも似た喘ぎが瑠依の唇から漏れた。

「あ……っん……！」

ざらついた部分を緩く撫でながら押すと、瑠依は悶えるように体を震わせる。執拗にそこを刺激すると、細い腰ががくがくと揺れた。

「あ……あ、あ……っ！」

短く荒い呼吸で、瑠依が達しそうになっていることがわかる。寸前のタイミングで指を抜くと、泣きそうな嬌声が俺の快感を煽った。

形よく引き締まった、白い双丘を撫でながら細い腰を抱える。濡れそぼった花弁に自身を添わせ蜜を絡めるだけで、瑠依の体が熱くなっていく。……瑠依だけじゃなく、俺もだが。

「痛かったら言えよ」

「ん……っ……」

息を吐いて、ゆっくり瑠依の中に入った。瑠依が高く啼くと同時に、きつく締めつけながら、内襞が妖しく蠢く。緩やかに抜き差しすれば、瑠依が感じているのを俺自身に知らせるみたいに、膣が収縮を繰り返す。

「あ……っ……」

瑠依の呼吸が少し落ち着いた時を狙って、律動を速めた。

「……っあ……、あ……ぁ！」

瑠依のいいところを擦るように刺激する。

すぐにどっと蜜が溢れ、動く度に淫らな音を立てた。

くたりとベッドに崩れ落ちかけた腰を片手で抱え直し、空いた手で花芽を愛撫する。

それほど強くは触れていないが、瑠依は悲鳴に近い嬌声を上げ、背を大きく反らした。

「あ……っあ……ぁん、……っ！」

先端で瑠依の感じるところを的確に擦りながら、花芽をやんわり押し潰す。白くなめらかな背中や誘うようなうなじに口づけたいが、今は我慢した。

——他のことを考えて気を逸らさないと、一気に持っていかれそうなほど瑠依の中は気持ちよかった。

「ん、あ、あ……っ、あ！」

喘ぐ間隔が短くなるにつれ、俺の律動のスピードも上がっていく。ずぶりと最奥まで突き入れると、瑠依は甘く乱れた声を漏らした。

瑠依の中は熱くどろどろに蕩けているのに、どこまでもキツく俺を締めつける。

中のいいところに俺の先端が触れる度、きゅっと締まって俺を快楽の波に引き込んだ。

俺の動きに合わせて揺れる腰を、両手で強く抱えて、本能のままに動いた。

瑠依の淫らで甘い嬌声が、俺を支配していく。

「あ、っん、あ……っあ――！」

今までで一番甘く啼いて、瑠依が達した瞬間――

俺は瑠依の奥深くに、熱を刻みつけた。

――あれだけ煽られて一回で終わるわけはなく。

瑠依が半ば意識を失うまで、俺達は何度となく抱き合った。

さすがに疲れたらしく、うとうとしている瑠依の唇をカットフルーツでつついたら、ねだるように小さく口を開けた。甘そうなものを選んで食べさせると、焦点の合わない目で俺を見て、すり寄ってくる。

……だから俺を煽るなと言うのに。

「千尋さん」

果汁に濡れた唇が、俺の名を呼ぶ。蕩けたその声が、ひどく甘ったるくて可愛い。

「……プロポーズ、してください」

「いらないんじゃなかったのか」

「……いらなくはない、です」

改めてそう言われると――言葉が浮かばない。こんなに語彙が貧しかったか、俺。

「……思いつかない」

「プロポーズするって言ったくせに言葉がないとか、ダメダメじゃないですか……」

「ノープランだったことは認める」

ぎゅっとくっついてくる瑠依の髪に顔を埋(うず)めて、俺は思ったことをそのまま口にした。

「瑠依だけでいい――瑠依がいい」

「私だけの千尋さんにはなれないくせに。過去とか過去とか過去とか」

それを言われると反論できないが――仕方ない。さっさと俺に出会わなかった瑠依が悪い。

「……おまえだって、俺だけのものにならないだろうが」

ばーさまと仕事。友人や珈櫻会(かおうかい)――俺以外のすべてを放り出せる瑠依は、瑠依じゃない。

すべてを独占したい気持ちはあるが、瑠依を変えるような愛し方はしたくなかった。

「千尋さんだけの妻ですけど。――あ、でも、いつかお母さんになりたいです。……ちゃんとしたお母さんに……なれるかな」

自分には無理だと思っていたけど……と呟きながら、瑠依は素直な口調で続けた。

「千尋さんの子供なら、私、絶対に愛してあげられる」

「……そこは、俺とおまえの子供、だろ。俺が婚外子を作ったみたいに言うな」

——俺は他の誰も欲しくない。瑠依しかいらない。が、瑠依との子なら、愛しいだろう。瑠依は不思議そうに考え込んで——ハッと何かに思い当たったように、聞き返してきた。

「……もしかしてプロポーズでしたか、さっきの」

「一生一緒にいるとか、そういう典型的なものでなきゃ、おまえには伝わらないってよくわかった」

じっと俺を見上げる瑠依の前髪を払って、額に口づけた。散々抱き合ったあとなのに、これくらいのことで目元を染める瑠依が可愛い。だから俺がその気になっても仕方ない。

「まあ、俺はケダモノだからな、言葉が無理なら体で伝えるしかないな」

「え、そこで開き直らないでくださ……っ、あ……！」

瑠依の抗議は無視して、俺は白い体にもう一度快楽と熱を教え込むことに集中した。

＊＊＊＊

——本当に、好きなようにされた。

プロポーズのあと、今までの行為はかなり遠慮していたとでも言うように、夕方から朝までずっと抱き合ってました。私もケダモノでした。

「おまえ、今日も休むって連絡はしてるのか？」

車に乗り込み、アクセルを踏んで静かに発進させながら、千尋さんが確認してきた。

……疲れてないのかしらこの人、やっぱり体力が違うのかな。

「あ、はい。昨日、出かける前にゆりなさんに連絡しました。了解ももらってます」

頷いた私に、千尋さんは今度は命じる口調で答えた。

「じゃあ、そうだな――再来週くらいから半月休むってゆりなに言っとけ」

「怪我でたっぷり休んだのに、また半月休むなんて言えません！」

それでなくても、先輩二人が産休に入ったから、人手はギリギリなのに。

「手が足りないなら、もう二人くらい正社員で採用していいって言えば、ゆりなは納得する」

「そうやって私の居場所を奪うのはよくないと思います」

「人手がギリギリだと、予定外のことが起きた時困るとおまえもわかっただろ。託児所で『先着十名しかお預かりできません』なんてわけにはいかない。となれば保育士を増やすしかないだろ」

「……そうですけど」

実際、穴を空けてしまったのは私だ。私が休んでいた間は、派遣会社から臨時の保育士さんに来てもらっていたらしい。

人手が増えれば、子供達にもっと目が行き届くようになる。……うん。納得せざるを得ない。

「これを機会に、おまえはフルタイムじゃなく、別の働き方にしようと思ってる。ゆりなと相談するつもりだが」

別の働き方？　理解が追いつかない私に、千尋さんは諭すように説明してくれた。

「おまえ、俺や八雲の都合でシフトを交代してもらうことがあるだろ。夏来や笠原達のところにも定期的に行かなきゃならないし、珈櫻会の夫人方もおまえを待ちかねてる。だから、正社員の自由労働制のテストケースにしようと考えてる。時間の都合のつく日だけ働く感じで」

名案っぽく言ってますが、それはあまりにも私を優遇しすぎているのではないでしょうか。

……公私混同はよくないですよ、千尋さん。

「エステや珈櫻会関係はですね、休みの日を使おうかと」

「おまえの休みの日は俺を最優先しろ」

俺様な私の旦那様は、当たり前に命じてきた。

「我儘ですよ、それ！」

「我儘言っていいって言ったのはおまえだろ。代わりに、俺はいつでもおまえを最優先してやる」

聡美さんから、ちょっと聞いている。私が怪我してしまった時、千尋さんは大切な商談があったらしい。やっとアポまでこぎつけたのに、それを蹴って私に付き添ったのだと。

幸い、商談のお相手が奈津美のおじいちゃんだったとわかり、誤解が解けたことで事なきを得たと聞いていた。

千尋さんは社長として、私より仕事を優先すべきなのだ。そう言ったけど、『俺が倒れた時におまえが仕事を優先できるならそうしてやる』と言われた。私と千尋さんでは抱えているものの大きさが違うのに。

「別に、予定のない時は週五でフルタイムで働けばいい。ただ、おまえは俺や家の都合で急に出勤できない日がある。おまえ、そういうの気にするよな」

確かに。ゆりなさん達はわかってくれているけど、甘えるのも限度があるとは思う。

「この先、託児所の保育士達もそうなる可能性がある。育休明けで戻ってくる奴らは特に」

育休明けは、子供の都合で、急に休むことも多くなる。

今のところ、急な休みの調整をするのはゆりなさんで、基本的には自分が残業したり早出したりしてくれている。でも、ゆりなさんにばかり負担をかけるのはよくない。

「だからテストケースだ。おまえで試してみて、問題点があれば改善していく。ゆりなもだが、おまえなら気になったことは俺に直接言えるだろう？」

「わかりました」

人数を増やせば、他の保育士さんも働きやすくなる。そこは納得した。

でも、半月も休むのは納得できない。

「だけど、半月も休むのは気が引けます」

「仕方ないだろ、新婚旅行なんだ。社内規定でも決められてる。新婚旅行の場合は旅行休暇が十日出るから、土日を入れたら半月以上使える」

……しんこんりょこう。何だそのとても恥ずかしい響きは。

「半月もどこに行くんですか……」

「おまえの行きたいとこ。俺が一緒なら、本場のオルホを飲みに連れてってやるぞ」

私は、千尋さんから、彼がいない場での飲酒厳禁を言い渡されている。曰く『酔い方が最高に最悪』らしい。酔った私が何をやらかしたのかは、未だに教えてもらえない。

「オルホ……スペインですよね。会話できません。それとも、千尋さんが専属の通訳になってくれるんですか」

「つまり、おまえは俺としか会話しないわけだな。旅行中おまえを独占できるなら、俺はそれでいい。日本にいると、外野が色々うるさいからな」

ごく自然に独占欲を見せられると、突っ込む気も起きない。

「千尋さんはちょっと私を甘やかしすぎですよ」

「おまえは、欲が薄いからな。でも俺はおまえを甘やかしてるつもりはない」

「え、かなり甘いですよ?」

「俺は、おまえのしたいこと、やりたいこと、欲しいもの。全部叶えてやりたいだけだ」

……それを世間一般では『甘やかしている』と言うのではないだろうか。

千尋さん基準の『甘やかす』は一体どんなレベルなのか。

「だからこれは俺の我儘で、おまえを甘やかしているわけじゃない」

「んー……何か屁理屈のような気がしますけど……」

私だって、千尋さんの望むことは、何でも叶えてあげたいと思う。

だからもっと我儘を言ってほしい。

「要するに、私も千尋さんも、自分がしたいことをやってるってことですよね」

「おまえが嫌ならしないけどな、俺は」

「嘘だ、絶対嘘だ」

ひとしきり抗議してから、私は千尋さんから顔を背ける。窓の景色を眺めながら、できるだけ平坦な声で言った。

「……行ってもいいです、スペインでもどこでも――千尋さんを独占できるところなら」

私だって、あなたを独り占めしたいので。

＊＊＊＊＊

駒野氏を始めとする地権者からの土地買収は順調で、新たな会社の設立についても滞りなく進んでいた。近いうちに一度、現地を訪ねることになっている。

その時は瑠依も一緒に連れて行くつもりだが——そうなると親父が黙っていなかった。

「結婚式をしなさい、千尋」

朝一番で、親父が会社に乗り込んで来た。苑もいる。鳴沢は、我関せずと秘書室に逃げた。

「新婚旅行から帰ったら挙式する。瑠依にはまだ話してないけどな」

「坊ちゃま。それは順序が逆でございます」

「……俺がまとまった休みを取れそうなのは、そのタイミングしかないんだよ」

なので、旅行に使いたい。もう入籍は済ませてるし、結婚式はただのお披露目だ。

そう言ったところ、何故か二人の目が据わった。

「それはいけません。——旦那様」

「うむ、仕方がないな。千尋、おまえはそんなに旅行に行きたいのか」

「悪いか」

——千尋さんを独占できるところなら。

あそこまで言われて、行かないとかあり得ない。瑠依の気が変わったらどうしてくれる。

「でしたら、婚前旅行ということになさいませ」

「いや、苑。俺と瑠依はもう結婚してるんだ」

婚前ではない。とっくに婚姻中だ。

「挙式より先に新婚旅行する夫婦も、それなりにいるんだよ」

一割弱らしいが。ゼロではないので、嘘ではない。

「わかった、そこまでおまえが新婚旅行で子作りがしたいと言うなら私も引こう」

この親父にデリカシーを期待してはいけない。が、瑠依の前では上品ぶって『お義父（とう）さまって英国紳士みたいですよね』とか言われているのが気に入らない。

「代わりに、結婚式と披露宴（ひろうえん）は――私達に任せてもらおう。八雲家の総力を挙げて、それこそ珈櫻会（かおうかい）から文句が出ないように整えさせてもらうからな」

「あー、はいはい。瑠依がいいって言ったらな」

あの瑠依が、そんな派手な披露宴（ひろうえん）を受け入れるはずがない。

「瑠依様は、いいとおっしゃると思います」

微笑んだ苑は、「実は、瑠依様のおばあさま……文代（ふみよ）ちゃんとお友達になりましたの」と告げた。

――俺と瑠依が決して逆らえない、ばーさまの最強タッグだ。

……そんなの、全面降伏しかない。

「……好きにしてくれ。ただし、ドレスやら打掛けやらは、瑠依の意思を最優先だ」

俺にできる抵抗は、その程度だった。

南ヨーロッパを中心とした新婚旅行を無事に終え——

春の訪れが近い三月の初め、俺と瑠依は豪華な結婚式を挙げた。

式は、神前形式となった。

用意された白無垢を見た瑠依は『……無垢な乙女でもないのに……』と思ったらしい。

吉祥熨斗花車文様の刺繍は人間国宝の手によるもので、四年前から苑が準備させていたという。それを知った俺達は、何ともいえない気持ちになった。

瑠依が俺の妻にふさわしいと確信しただけじゃなくて、完全に捕獲する気満々じゃないか。

披露宴で瑠依は、夏来達が総力を挙げて作ったウェディングドレスを着た。背中を広く開け、上半身は体のラインを際立たせるデザインながら、スカート部分はやわらかく広がるよう仕上げられている。

デコルテと背中、腕を繊細なベルギーレースで飾ったドレスは、夏来が瑠依の為だけにこだわり抜いて作った逸品だ。

細い首にはパールのネックレスが煌めき、髪はふんわりと結い上げて花を模したヘッドドレスを飾っていた。そして左手の薬指には、俺と揃いの指輪が光っている。

薄く頬を染めた瑠依の顔は、清楚でいながら官能的だった。

ページボーイやフラワーガールを務めてくれた託児所の子供達に「るいちゃんおめでとう」と言われて涙ぐんでいるのは、何故かゆりなだった。

披露宴は、瑠依の両親が出席していないことを悟られないよう立食形式にした。

知っている奴は知っているが、珈櫻会の三婆——もとい、桐生夫人達を敵にする馬鹿はいない。今も瑠依は夫人達に掴まって、可愛い可愛いと愛でられている。

……あれは俺の特権のはずなのに。

お色直しで、色打掛けと、ロイヤルブルーのドレス、更に真紅のドレスに着替えた瑠依は、その都度、イメージが変わる。気品溢れる色も情熱的な色も、見事に着こなしていた。何故か新婦の友人として出席していたゆりなと聡美が、競うように何枚も写真を撮り合っていた。

披露宴が二次会に移るタイミングで、俺と瑠依はホテルの最上階の部屋に逃げた。

あとは親父達が上手くやるだろう。

瑠依のばーさまは、途中でアソシエイトがホームに連れ帰った。

彼女はひたすら俺に頭を下げ、『瑠依をよろしくお願いします』と繰り返していた。

俺は神ではなく、瑠依を誰よりも愛してくれた彼女に、『必ず幸せにします』と誓った。

「ち、千尋さん」

「ん？」

「これ……脱げないです」

「馬鹿かおまえ」

部屋に着くなり、ドレスを脱ごうと四苦八苦している瑠依に、俺は笑った。

挙式も披露宴（ひろうえん）も、瑠依にとってはただの『疲れるイベント』らしい。それでも、俺の立場を考えて、文句も言わずに付き合ってくれたことが嬉しかった。

「それは、脱ぐんじゃなくて脱がせてもらうように作られてるんだよ」

「そんな。それじゃ式の途中で喧嘩したら、花嫁はずっとこのドレスを着たまま⁉」

苦行ですよと言う瑠依に脱力しながら、ドレスを脱がせてやった。

レースに隠れていた白い肌が少しずつ露（あら）わになり――ドレスには、こういう効果もあるんだな、と実感した。抱きたくなる。

「瑠依」

「はい」

「……気の利いた言葉が出ないんだが」

「あ、大丈夫です。千尋さんにそんなものは期待してません。私にも期待しないでくださいね」

背中を向けているから顔は見えないが、今日の瑠依は艶を増した肌から誘うような香気を放っている。なのに、出てくる言葉には色気も何もない。

「押し倒すぞおまえ」

「お風呂に入ってからならいいですよ」

「……おまえが照れて真っ赤になるとこを見てみたいが、絶対無理だな」

「そうですか？　今ちょっと照れてますよ」

俺がリボンを解くと、くるりと振り返った瑠依は、腕を伸ばして俺の首に絡めてきた。

中途半端に着崩れたドレスが、非常に悩ましい。

「あのですね」

「何だ」

「契約……破棄していいですか？」

「契約？　――ああ、結婚のことか」

そんなもの、とっくに『契約』ではなくなってるんだが。

「それで。契約破棄のお詫びになるかどうかわかりませんが」

瑠依は少し頬を赤くして、恥ずかしそうに口にした。

「私の人生、全部千尋さんにあげます」

「当たり前だろ」

俺が即答すると、瑠依は「え」と言った。今更何を言ってるんだ。

――おまえはとっくに俺だけのものだ。

「え、ちょっとそこまで俺様でした⁉　本来、私の人生は私のものなんですよ⁉」

意を決した告白だったのに、と瑠依が頬を膨らます。

「今、俺にやるっつっただろ。詫びだというなら、心と体も全部寄越せ」

「代わりに俺を全部やるとか言わないでくださいね、いらないから！」

「本音かどうかはベッドで聞いてやる」

「すみません、いります欲しいですください、だから今日は眠らせてください！」

やだやだと駄々をこねる瑠依の唇に、ゆっくり口づける。

俺とのキスが好きな瑠依は、それで大人しくなる。

「――契約破棄の慰謝料、しっかり体で払えよ、瑠依。分割払いで許してやる」

「そんな即物的な夫は嫌です！」

嫌だと言いながら、唇はキスをねだるように濡れている。まあ、さっきキスしたから

だが。

「そもそも、今日、神様の前で新しく契約したしな」

「ああ、神への誓いを契約とか言う情緒のない人が私の夫……！」

「ばーさまにも誓ったし」

「……それは、うん、感謝……してます。おばあちゃん、泣いてたけど」

でもあれは嬉し泣きだからいいのかなあと、瑠依が嬉しそうに呟いた。

「おまえは?」

「え?」

「おまえは、俺とずっと一緒でいいのか?」

「いいですよ」

簡単に頷いて、瑠依は俺の髪に指を差し入れ、引き寄せる。

「……体で払ってあげますから、体で受け取ってください」

それは、瑠依の精一杯の『お誘い』だ。結婚して一年、初めての快挙だ。

「……瑠依」

キスで応える前に、俺は瑠依に囁いた。

「愛してる」

「いただきますって意味ですか」

――本当に、瑠依はどうしようもなく馬鹿可愛い。

一年前、こいつに出会った時に結婚を決めた俺自身を褒めてやりながら、俺は瑠依に何度となく口づけた。

俺達だけの契約結婚はこれで破棄して、神様とばーさまに誓った正式な結婚となったわけだが、俺達の関係は何も変わらない。ただ繋がりが深く強くなっていくだけで。

「……千尋さん」

甘く濡れた声で、瑠依が俺を呼んだ。

「愛してます。……私、誰かを好きになったことないけど、たぶん、愛してるんだと思います」

――だから一緒にいてください。

「誰が手離すか、馬鹿」

「千尋さんの『馬鹿』は、愛してるって意味ですよね」

「あと『可愛い』も入ってる」

瑠依はくすくす笑っている。

俺達は、誓いのキスを繰り返すように、ずっと唇を重ねていた。

――理性が限界を超えるまで、そう時間はかからない。お互いに。

こんな日常を重ねていくことが、いわゆる薔薇色の日々で甘い生活――要するに『幸せ』というものなんだろう。

瑠依のいない人生は考えられないし、瑠依の人生に俺がいないのも認めない。

「愛してる」

「愛してます」

ほぼ同時にそう口にした俺と瑠依は、再びキスをした。

――人生でただ一人と決めた相手を抱き締めながら。

書き下ろし番外編

妊娠初期のはずですが⁉

最近運動不足なのか、託児所の子供達の相手をするのに疲労困憊なので、体力をつける為にマンションの中のパーソナルジムで三時間歩いたらぶっ倒れた。

ジムから連絡を受けて飛んできた千尋さんにめちゃくちゃ怒られ、トレーナーさんと千尋さんが「私がもっと注意していれば」「いいえ妻が馬鹿なんです」と謝り合う中で経口補水液を飲んでいた私、八雲瑠依二十四歳。その日から、自宅療養中です。

そして体調不良三日目。

とうとう千尋さんから「今日は病院に行け」と言われてしまった。先にゆりなさんに連絡して、有休を申請されていた。ソファーにどっかりと座っていらっしゃる私の旦那様は、仕事が早い。

「大したことないですよ。ちょっとだるいなーってだけで」

アルコーヴの下のソファーベッドに横たわるように厳命された私は、千尋さんが出かけたら病院に行く前に家事をしておこうと考えていた。

それを見透かしたのか、千尋さんは八雲グループ系列の病院の予約を取っていた。午前十時。そういう職権濫用はよくないと言ったら、「光明院先生は八雲家の専属医の一人だ」と返された。専属医が複数いるって何事ですか。嫁ぎ先がセレブすぎてつらい。

「妊娠してたらどうする。ヤることヤッてるから俺は心当たりはあるぞ」

真顔で言わないでください、千尋さん。日本人として慎みを持ってほしい。

「月のものが来ましたし。それはないと――」

「着床出血の可能性は考慮したのか」

言い終わる前に問いかけられた。着床出血？

「……知らない、って顔だな……」

千尋さんは頭痛を堪えるような、呆れたような表情で私を見て、溜息をついた。

「男の俺が言うことじゃないから光明院先生に聞け」

「スマホで調べます」

私がそう答えると。

「スマホで調べられるのは意味だけだろうが。おまえの体のことはおまえの体を診察しなきゃわからないんだよ」

「千尋さんがそういう言い方すると、妙に卑猥ですね」

納得して頷いた私に、千尋さんはソファーから立ち上がってつかつかと近づいてくると――軽くデコピンを食らわせた。

「そうかそんなにぐだぐだ逃げるほど病院が怖いか」

「はい」

「何歳だおまえは」

「何歳だ、なんて。妻の年齢を覚えてないんですか。あと女性に年齢を聞くのはよろしくないです」

「……ああ言えばこう言う……駄々をこねてないで診察してもらえ」

「……だって……その、病院はいいんですけど……婦人科はちょっと……」

「ああ、内診が嫌なのか」

「千尋さんはもう少し配慮というか情緒というものを」

言いかけた私の額に軽くキスして、千尋さんは笑った。

「光明院先生は女性だから安心しろ」

それは先に言ってほしかった……！

「でなきゃ俺は女医しかいない婦人科を探したに決まってるだろ」

恐ろしく心が狭い夫である。

女医もいる、ではなく女医「しか」いない婦人科。たくさんあるとは思うけど、その環境しか認めない心の狭さはさすがだ。

「俺の独占欲だけが理由じゃないからな？」

「ほほう。他に理由があると」

「さっきおまえが自分で言っただろうが。おまえと俺の利害一致の結果だ」

千尋さんは、この結婚を決めた時みたいに言うけれど。

千尋さんの独占欲と、私の「千尋さん以外の男の人は嫌」という気持ちが一致したものなので、ちょっとだけ「利害の一致理由」が違っている。

「診察結果がわかったら電話してこい」

「電話していいんですか？」

「会議も特に入ってないしな」

……鳴沢さんに無理な調整をさせたに違いない笑顔で、千尋さんはそう言った。

——さて、千尋さんのご想像どおりだった診察結果が出たわけだけれども。

光明院先生（テキパキした感じの美人女医さんだった）には初期も初期だから、安定期に入るまでは安静にと言われた。私も、それまでは祖母やお義父(とう)さま達に伝えるのは憚(はばか)られる。

そう思いながら、病院のエントランスから外に出る。秋晴れの綺麗な空を眺め、登録している番号をコールしたら、千尋さんが出た。

『結果は』

「妊娠してました」

『ほら見ろ。……ジムで歩きすぎたのは差し障りないか？』

千尋さんは勝ち誇ったあと、心配そうに問いを重ねる。

「大丈夫でした。ただ、もうそんな無茶な運動はしないようにと、何かいっぱいカタログやリーフレットもらっちゃいました」

『それは俺が熟読するから捨てずに置いておけ』

「はい」

たぶん私より熱心に読み込むんだろうなあ……そしてあれはするな、これも駄目だと言われる日々……それが容易に想像できるくらいには、千尋さんは過保護である。

「仕事は、産休までは続けたいんですが」

『……』

休めと言われる前に希望を言ってみた。千尋さんは過保護だけど、私の気持ちも汲み取ろうとしてくれるので、答えに詰まっている。

『……体調の悪い日は休むこと。出勤しても、具合が悪くなったらすぐ帰ること。あと、おまえ用に送迎の車をつけるから電車通勤は禁止』

「過保護すぎませんか」

『おまえはおまえを大事にしないきらいがあるからな。その分、俺が大事にするんだよ』

そうかなあ……私は普通だと思うんだけど。

『ゆりなへの連絡は？』

「あ、このあとします」

『俺が言ってた条件も伝えろ』

「はい」

そうやり取りしたら、プツッと電話が切れる。その直後の沈黙が少し淋しいと感じるくらいには、私は千尋さんが好きである。……少しではなく、かなり淋しい。

千尋さんにぎゅっとしてほしいなあと黄昏(たそが)れながら、スマホをバッグに入れるのを躊躇(ためら)っていたら、着信音が鳴った。表示されている名前は「千尋さん」。私は慌てて通話ボタンをタッチした。

「はい」

『……言い忘れた。ありがとう』

「いえ、まだ無事に産んでませんので、それは産後に聞きたいです」

『これから腹の中で子供を育てていくことにも感謝してるんだよ……』

どこか脱力したように言った千尋さんが見える気がした。

『とにかく、今日はもう帰って休んでろ。家事とかしなくていいから。夕飯も俺が作るから何もしないで寝てろ』

「はーい」

『……真剣さが足りない返事だな』

「だって妊娠がわかる前からそんな生活ですよ私……もう四日目になりますし」

『おまえを大事にするのは俺の役目だが、腹の子を大事にできるのはおまえだってことは理解しとけ』

「……はい」

ご尤もなお言葉に、私は頷いた。すると、すぐ傍に一台のタクシーが停まった。他にもタクシーを待っているような人達はいるのに。

「八雲様でいらっしゃいますか？」

運転手さんに声をかけられ、頷いたら後部座席のドアが開いた。

「え……何ですかこのタクシーさんは」

『さっきアプリで登録したマタニティタクシーだ。今日はそれに乗って帰れ』

……だから一度電話を切ったらしい旦那様のお言葉に、私は逆らえるはずもなく。

慌てて乗り込もうとしたら、運転手さんに「ゆっくりでよろしいですよ、大切なお体ですから」と労られてしまった。

誰が何と言おうと、千尋さんは過保護だと断言できる。

ほとんど揺れないように丁寧に運転してくれるタクシーの車内で、私はゆりなさんに妊娠していること、仕事について相談したいので折り返し連絡が欲しいとメッセージ送信した。

＊＊＊＊

瑠依が妊娠した。まあまだ二ヶ月経つかどうかといったところらしいが、俺は父親の心構えはできていても知識はないので、帰りに書店に寄ることを決めた。

ついでに、第二秘書の春日に「妊婦の夫がすべきこと」「してはいけないこと」をネットで調べるように命じて、ゆりなに連絡を入れる。

本来なら安定期に入ってからだろうが——親父やばーさま達に知らせるのはそのタイミングだ——瑠依の悪阻(つわり)やら体調やらがどう変化するかわからない。職場の責任者であるゆりなには伝えておく必要がある。

それから、保育士の求人は俺から直接人事課に言うと瑠依の妊娠がバレかねない。そこもゆりなに頼む必要がある。

——一通りの手続きと連絡を終えて、俺は瑠依が待つマンションに帰った。

事前に言い聞かせたからか、瑠依は大人しくしていた。掃除はともかく、洗濯くらいは俺にもできる。スーツはクリーニングに数回出して買い換えるから問題ない。

「ただいま。……よし、ちゃんと休んでたな。……洗濯以外は」

「洗濯はできます！　というか下着は自分で洗うっていう約束です！」

真っ赤になっている瑠依が可愛いので許した。

バスルームを洗って（週二回のハウスキーパーは入れているが俺はバスタブは毎日洗いたい）湯を張った。

そして夕飯――といっても俺が作れるのは簡単なものだ。瑠依の好きな海鮮のあんかけ炒飯（チャーハン）と卵の中華スープ、それとフルーツサラダを用意したら、食欲は戻っているらしく完食し、今はサラダを食べている。

「予定日とか聞いたか？」

「五月らしいです」

「なら、安定期に入ったら一回旅行に行くか。おまえの体調次第で」

「何故」

「夫婦水入らずは最後になるだろ。……どうしてフォークを持って身構えてる」

瑠依はフルーツサラダ用のフォークを固く握り締めている。

「旅先で、『断るなら置いて帰る』と言っていやらしいことをするのかと」

「おまえは夫を警戒する癖をどうにかしろ。というかおまえの中の俺はどういう認識なんだ」

深く溜息をついた俺に、瑠依も溜息をついた。

「今日、ですね」

「うん」

「淋しかったんですよ。千尋さんとの電話が切れたあと。……私、いつの間にこんなに千尋さんに依存してたのかとショックで」

以前の瑠依は、淋しいという感情に疎かった。それが、今では俺との電話が終わっただけで淋しかったと言う。

「それで、ぎゅっとしてほしいなあって思っちゃったんですよね。くっついてる時は千尋さんのことだけ考えていられるというか、他が入り込む余裕はないので」

「瑠依」

「はい」

ぱく、と甘い桃を食べた瑠依の唇は、果汁に濡れてつややかだ。

「お望みどおり触ってやるから、風呂は早めにな」

「はい……はい⁉　駄目です私妊娠してます！」

「おまえが風呂に入ってる間に、妊婦でもできるやり方を調べ——いや、調べながら入ればいいか。背中、流してやる」

「いえお風呂はゆっくり入りたい……」

「ぎゅっとしてやるから安心しろ。裸で」

「お気遣いなく！」

「俺がおまえに触りたいから却下だな」

やだやだと言いながらも、「ぎゅっとしてほしい」と言ったのが自分だからなのか、瑠依は「触るだけですからね！　妊娠初期は駄目なんですからね！」と言いながら受け入れた。

瑠依のルームウェアを脱がせてバスタブに入らせる。俺もシャツやスラックスを脱いでバスルームに入った。

「瑠依」

「な、何ですか」

片手で胸元、もう一方の手で下半身を隠している瑠依に、俺は淡々と言った。

「言うのも気の毒だが、おまえの胸は片手では隠れない」

むしろ圧迫されて胸の谷間がすごいことになっている。俺としては眼福だが。

「う……」

「ほら。手、離せ」

ゆらゆらと湯で揺れる中、向かい合う形でバスタブに入りながら、瑠依の手を取る細い体を抱き寄せてキスしたら、現れた白い乳房が俺達の間でやわらかく押し潰される。

そのまま、瑠依の体を撫で、少しも膨らんでいない腹部に手を当てた。

「……ここで、もう、生きてるのか」

すごいな、人間の体って。

「そうですよ。千尋さんと、私の赤ちゃん」

「……胸とか刺激しない方がいいのか？」

「……初期はあんまりセックスしちゃ駄目だそうです」

「なら、キスだけにしとくか」

俺がそう言うと、瑠依はこくんと頷いた。

目を閉じさせ、瞼(まぶた)にキスを落とした。細いのに凹凸(おうとつ)の激しい体にも口づけたいが、医師の許可が出るまでは我慢するしかない。

上気してきた頬、すっと通った鼻梁(びりょう)にも小さくキスして、最後に唇を重ねる。

あまり性的なものにはしない方がいいだろうと思いながらも、瑠依が俺の首筋に両腕を絡めて抱きついてきたから、つい、深いキスになる。ただ、官能を深める為ではなく伝え合う為のようなキスは、もどかしくも甘い。

ふにふにした乳房に触れたくなるが、それも我慢する。代わりに、瑠依のしなやかな背中を指でなぞった。

「っ、ん……っ」

濡れた声が甘くならないよう、気をつけて触れる。——快感を与えすぎない、セックスに繋がらない行為は加減が難しい。

「瑠依。違和感があったら言えよ」

「は、い……」

「……ここまでにしとく」

瑠依の声がとろりと蕩(とろ)けていて、俺の理性がヤバい。俺と瑠依は、体の相性が良すぎることを忘れていた。

俺は瑠依の体を離し、向かい合ったまま抱き込む姿勢を取った。

ボディタオルにボディソープをたっぷりつけて、白い背中を泡立てるように洗ってやると、くすぐったそうに笑う。その度に胸が揺れて、湯の中で小さな細波(さざなみ)を作る。

背中から腰を洗ってやったあと、一度湯を入れ替える為にバスタブを出た。シャワーを使って髪を洗ってやっていると、あっという間にバスタブに湯が溜まった。

「千尋さん」

俺の背中を流すと言って後ろに陣取った瑠依が、ぺたりと額をくっつけてきた。

「私……ちゃんとお母さんになれるかな……」

「なる。おまえは子供を幸せにしたいって思えるんだから」

「……はい」

ぐりぐりと額を俺の背中に押しつけながら、瑠依はもう一度呟いた。

「一生、千尋さんの奥さんでいられます？」

「待て。何がどうしてそういう思考になった」

「赤ちゃんは……産んだあとはずっと私がお母さんなのは変わらないじゃないですか。でも、千尋さんの奥さんなのは……」

瑠依は俺を過保護だと言うわりに、俺の執着というか愛情をまだ信じ切れていない。

「俺は、結婚式の時にばーさま達にも神様にも誓っただろうが」

「……はい」

「おまえが嫌だって言っても、おまえは俺の妻だ。子供を産んだら、俺の子の母親だ。そっちこそ、逃げられなくなるぞ」

「……」

「育児は大変らしいからな。俺も頑張るからおまえも頑張れ。どうしてもつらい時は、俺に甘えろ」

はい、と小さな声がして、俺の肩に瑠依が頭を乗せる。

「おまえが甘え方を知らないと、子供も甘え下手になるからな。ちゃんと、俺だけに甘えてろ」

「千尋さんも、私に甘えていいですよ」

「ん」

とっくに甘えまくってるのに、瑠依は気づいていないらしい。それも、瑠依らしいから可愛いと思う。

五月、娘が生まれた。母子共に健康。

——間違ってもこの子が「将来おじいちゃまとけっこんするの」などと言い出さないように育てなくては。「パパとけっこんするの」と言われるのは可愛いが、俺には瑠依がいるので駄目だ。

俺の決意を聞いた瑠依は「親馬鹿って本当にいるんですね。馬鹿親ですか?」と呆れたあと、「でも幸せだからいいです」と微笑んだ。

そんな、何でもない日常が幸せだと思う。

恋愛小説「エタニティブックス」の人気作を漫画化!
EC
Eternity COMICS
わけあって極道の妻になりました
[漫画]水口舞子
[原作]ととりとわ
は…っ
あっ
九条さん…
私――
気持ちいいか?
は
は
生真面目な小学校教師・いちかは、逃げた花嫁の身代わりとして極道の組長と祝言を挙げることに…!? 怖がるいちかの前に現れた新郎は、強面ながらも超美形な極道・龍臣(たつおみ)だった! 無理やり連れてこられた自分を気遣い敵対する極道からも守ってくれた龍臣。そんな彼に惹かれてゆくいちかだが住む世界が違うと、自分の気持ちに蓋をする。でも、ある夜、彼から情熱的に求愛されて――…
ケダモノ 時どき 甘あま

B6判　定価:704円(10%税込)　ISBN 978-4-434-30551-1

本書は、2019年4月当社より単行本として刊行されたものに、書き下ろしを加えて文庫化したものです。


この作品に対する皆様のご意見・ご感想をお待ちしております。

おハガキ・お手紙は以下の宛先にお送りください。

【宛先】

〒150-6008 東京都渋谷区恵比寿4-20-3 恵比寿ｶﾞｰﾃﾞﾝﾌﾟﾚｲｽﾀﾜｰ 8F
（株）アルファポリス　書籍感想係

メールフォームでのご意見・ご感想は右のＱＲコードから、
あるいは以下のワードで検索をかけてください。

アルファポリス　書籍の感想

ご感想はこちらから

エタニティ文庫

契約結婚（けいやくけっこん）のはずですが!?

神城（かみしろ） 葵（あおい）

2022年9月15日初版発行

文庫編集－熊澤菜々子
編集長－倉持真理
発行者－梶本雄介
発行所－株式会社アルファポリス
〒150-6008 東京都渋谷区恵比寿4-20-3 恵比寿ｶﾞｰﾃﾞﾝﾌﾟﾚｲｽﾀﾜｰ8F
TEL 03-6277-1601（営業） 03-6277-1602（編集）
URL https://www.alphapolis.co.jp/
発売元－株式会社星雲社（共同出版社・流通責任出版社）
〒112-0005 東京都文京区水道1-3-30
TEL 03-3868-3275
装丁イラスト－つきのおまめ
装丁デザイン－ansyyqdesign
印刷－株式会社暁印刷

価格はカバーに表示されてあります。

落丁乱丁の場合はアルファポリスまでご連絡ください。

送料は小社負担でお取り替えします。


ISBN978-4-434-30849-9 C0193